AF284478

es geht
LOS !

Bibliografische Information der Deutschen Nationalbibliothek:
Die Deutsche Nationalbibliothek verzeichnet diese Publikation
in der Deutschen Nationalbibliografie; detaillierte bibliografische
Daten sind im Internet über dnb.dnb.de abrufbar.

© 2020 Matthias Buchhardt
Umschlag/Buchgestaltung: Wolfgang Schomberg
Herstellung und Verlag: BoD – Books on Demand, Norderstedt

ISBN: 9783753404585

MATTHIAS BUCHHARDT

DAS SPIEL DER MARIO NETTEN

Ein dystopischer Roman

INHALT

DAS SPIEL DER MARIONETTEN

Die tiefstehende Sonne verwöhnt die felsige Wüstenlandschaft. Schroffe Felsen leuchten in verschiedenen Rottönen.
Über einem ziellos herumflatternden, bunten Schmetterling
mit schwarzen Punkten gleitet elegant ein großer Greifvogel am tiefblauen Himmel dahin. Ohne mit den Flügeln zu
schlagen, nutzt er geschickt die Thermik und zieht seine
Runden. Große, grünlich schimmernde Libellen schieben
sich mit einem vibrierenden Geräusch behaglich durch die
Luft. Eine Raupe frisst ein wirres Muster in ein hellgrünes
Blatt und kriecht dann neuen Abenteuern entgegen. Plötzlich
kommt ein farbenprächtiger Papagei angeflogen und beendet
abrupt ihr Dasein. Der bunte Vogel fliegt mit dem zappelnden, blattfressenden Tier im Schnabel davon. Grillen raspeln
mit ihren Beinen die Melodie der Wildnis. In der Luft liegt
der Duft von Gräsern und Wildkräutern. Die Wiese vor dem
Bruchsteinhaus leuchtet in verschiedenen Grüntönen.

Legolas, ein attraktiver, großer, kräftiger Mann mit tiefblauen Augen und mittellangem braunem Haar, steht vor dem Haus in einem Tal, das von zerklüfteten Bergen umsäumt ist, und diskutiert mit Leonardo.

»Ich bin mir jetzt sicher, dass die Energie mit den Magneten zu kontrollieren ist«, erklärt Leonardo.

»Aber wie hast du das mit den alten Dingern hinbekommen?«, fragt Legolas.

»Sie waren vollkommen dilettantisch montiert. Ich musste einige Magnetspulen umdrehen und neu justieren. Wir müssen natürlich vorsichtig sein. Aber um kurzzeitig den Raum zu krümmen, müssen wir in der Lage sein, eine ausreichend große Energieblase zu erzeugen.«

»Ich habe es doch gewusst, dass die Dinger noch funktionieren! Ich muss schon sagen, Leonardo, du hast es wirklich hingekriegt, endlich ... Gute Leute muss man haben! Dann brauchen wir also nur noch das Problem mit dem Kühlungsleck zu lösen und die Navigation in den Griff zu bekommen«, sagt Legolas.

»Das reicht noch nicht ganz. Du hast das Fahrwerk vergessen«, korrigiert Leonardo.

»Ach, darum kümmert sich schon Hermine«, erklärt Legolas.

»Hermine ist also wieder da?«, fragt Leonardo, den sie auch den Mucki-Mann nennen. Es gibt Leute, die behaupten, der muskulöse Mann in dem ledernden Schuppenhemd könne ein ganzes Pferd alleine hochheben und dabei Psalmen aus der Bibel zitieren.

»Komm, wir gehen zum Hangar und schauen, wie weit Hermine ist.«, meint Legolas. Sie schlendern durch die Apfelsinenbusch-Allee in Richtung Hangar. Die bis zu anderthalb Meter großen Büsche hängen voller dicker, reifer Orangen. Legolas pflückt mit einem gekonnten Griff eine reife Frucht vom Strauch. Er entfernt geschickt die Schale und verzehrt die Orange genussvoll. Nach einigen Minuten erreichen die beiden den Hangar und stehen vor dem mächtigen, sechzehn Meter hohen Tor.

Legolas und Leonardo schieben die über vierzig Meter breiten Torflügel auf und schauen auf die ovale Spitze eines alten 6000er-Raumgleiters, der ohne Fahrwerk auf riesigen Stahlträgern steht und nur um wenige Zentimeter kürzer ist als die Halle. Im einfallenden Sonnenlicht glänzt der verchromte Rumpf. An den Flügeln des Raumgleiters sind Antennen und verschieden große Messinstrumente montiert. Legolas und Leonardo schlendern unter das Raumschiff, erreichen die Laderampe am Heck und gelangen in den Hauptflur zum Maschinenraum. Als sie durch die Schiebetür gehen, sehen sie zwei lange Beine auf einem Rollbrett, die unter dem Hauptkontrollschrank hervorragen.

Die untere Schrankverkleidung ist abmontiert und steht neben dem Pult an der Wand.

»Schnell, Legolas, das ist unsere Chance! Wir müssen uns beeilen, bevor sie rauskommt! Komm, halt sie an den Beinen fest, und ich kümmere mich um den Rest,« dröhnt Leonardo.

»Ich habe euch auch lieb«, ertönt eine selbstbewusste Frauenstimme aus dem Lautsprecher am Kontrollpult. Im nächsten Augenblick schnellt Hermine auf dem Rollbrett unter der Steuerkonsole hervor. Ihr Haar hat die sportliche, durchtrainierte Frau mit den dunkelbraunen Augen zu einem straffen Pferdeschwanz gebunden.

»Hermine, meine liebste Prinzessin, ich habe dich vermisst«, sagt Leonardo und sieht Hermine mit hochgezogenen Augenbrauen verzückt an. Hermine erwidert lächelnd seinen Blick. Daraufhin nimmt er die Raum- und Luftfahrttechnikerin in den Arm. Abgesehen von ihrem sehr massiven Schuhwerk ist Hermine eher übersichtlich bekleidet. Leonardo gibt ihr einen Kuss auf die Wange.

»Jetzt ist aber Schluss mit dem Geturtel da«, ermahnt sie Legolas.

»Wir haben uns eben eine Ewigkeit lang nicht gesehen, da werde ich sie ja wohl begrüßen dürfen!«, rechtfertigt sich Leonardo grinsend. Legolas verdreht die Augen.

»Hermine, wann können wir den ersten Probelauf machen? Wie weit bist du mit den Modulen?«, fragt er die Raum- und Luftfahrttechnikerin.

»Ich bin gerade fertig geworden und muss nur noch die Verkleidung anschrauben«, erklärt Hermine. Legolas schaut die beiden anderen beschwörend an und reibt sich vor Nervosität die Hände.

»Es ist also soweit. Der große Tag ist da. Jetzt wird es noch einmal aufregend. Lasst uns auf die Brücke gehen und das alte Baby anschmeißen. Mal sehen, ob wir sie zum Leben erwecken können.«

»Wir bleiben besser hier auf dem Maschinendeck und beobachten die Entstehung der Energieblase, so haben wir sie besser im Blick«, schlägt Leonardo vor.

»Okay, so machen wir es«, sagt Legolas und geht durch die Schiebetür in den Laderaum zum Aufzug. Er fährt an den Gästequartieren vorbei und gelangt direkt in den Vorraum der Brücke hinunter, die sich großzügig über die ganze Breite des Schiffes erstreckt. Über den anthrazitfarbenen Teppich, der auf dem gesamten Deck verlegt ist, geht Legolas an den Zimmerpflanzen vorbei zur großen Glaswand. In der Mitte befindet sich die breite zweiflügige Schiebetür. Legolas geht hindurch und betritt den Kommandostand.

Der vordere Teil der Brücke besteht komplett aus Glasmodulen und wird vom Licht des Vorraumes schwach beleuchtet. Hinter den stark verdunkelten, oval angeordneten Scheiben, die bis zum Boden reichen, befindet sich das Steuerpult, dahinter einige Sessel. Legolas setzt sich auf den Sessel in der Mitte und gibt am Touchscreen einen Zahlencode ein. Sofort geht das Licht an. Ein lauter werdendes Surren kündigt an, dass der Computer hochfährt. Kurz darauf schalten sich die Monitore ein. Auf dem Bildschirm erscheint die holographische Darstellung einer Planetenkonstellation. Legolas berührt den Sensorbildschirm, und die verdunkelten Scheiben des Ovals auf der Brücke werden hell. Die tiefstehende Sonne scheint direkt in das Cockpit des Raumgleiters und blendet Legolas. Er muss blinzeln und berührt solange den Touchscreen, bis sich die Scheiben auf ein angenehmes Niveau verdunkeln. Dann klickt er einige Symbole auf dem Berührungsbildschirm an, und schon erscheinen sein Maschinist Leonardo und eine übergroße, dreidimensionale, lachende Hermine auf dem Monitor.

»Legolas hat die Überwachungskamera bemerkt«, hört Leonardo eine Stimme aus dem Lautsprecher im Maschinenraum. »Er hat uns entlarvt. Aber wir haben hier alles im Griff, Captain.«

»Also gut, ich werde jetzt die Energieblase starten. Ich fange mit fünf Prozent an. Also haltet euch bereit«, befiehlt der Captain. Ein Surren ertönt, erst leise, dann immer lauter.

»Er läuft! Wir haben hier drei… vier… vier, Komma fünf… fünf Prozent«, ertönt eine Männerstimme aus dem Maschinenraum.

»Ich fahre jetzt hoch auf sieben«, kündigt Legolas auf der Brücke an. Das Geräusch wird lauter. Es klingt jetzt mehr wie ein Pochen.

»Es hört sich gut an. Die Energieblase ist gleichmäßig. Aber jetzt… sie wird unruhig und fängt an zu vibrieren. Ich muss erst noch die Magnete kalibrieren. Wir sollten sie nicht höherfahren, die Energie reicht für einen umfassenden Systemcheck vollkommen aus«, sagt Legolas. »Ich fahre jetzt das Fahrwerk heraus.«

Kurze Zeit später ertönt ein leises Geräusch. Auf den Monitoren auf der Brücke und im Maschinenraum können die drei beobachten, wie die Fahrwerkstützen im Rumpf des Raumgleiters ausfahren. Aus den Lautsprechern erklingt Jubel.

»Funktioniert doch perfekt! Und das sofort beim ersten Mal! Ich schließe jetzt alle Luken«, kündigt Legolas an. Die Ladeluke schließt sich und verriegelt sich mit einem Klicken.

»Als Nächstes testen wir die künstliche Schwerkraft. Setzt euch dabei besser hin, denn ihr werdet jetzt die doppelte Schwerkraft spüren.«

»Danke für die Ansage«, kontert Hermine.

»Ich bleibe stehen«, rebelliert Leonardo.

»Komm, setz dich hin, du verrückter Hund«, versucht Hermine ihn zu überzeugen.

»Also gut, es geht los«, ertönt eine Stimme von der Brücke.

»Ich spüre schon die erhöhte Schwerkraft«, schreit Leonardo.

»Okay, du Kämpfer! Ich habe ja noch gar nicht angefangen«, erklingt die amüsierte Stimme aus dem Lautsprecher.

Plötzlich fühlt sich der starke Maschinist viel schwerer. Leonardo geht mit festem Schritt im Raum umher.

»Mehr hast du nicht zu bieten?«, fordert er Legolas heraus. Wie um das zu bestätigen, ertönt es aus dem Lautsprecher:

»Es sind bisher nur 50 Prozent.«

»Okay, ich bin bereit«, sagt Leonardo und geht auf Füßen, die sich anfühlen wie aus Blei, weiter im Raum umher. Seine Schritte werden kürzer.

»Sechzig... siebzig... achtzig Prozent...«, erklingt die Stimme aus dem Lautsprecher im Maschinenraum.

»Haha, ich laufe immer noch«, ächzt Leonardo. Bei hundert Prozent geht er dann aber doch in die Knie.

»Das ist einen Applaus wert«, lobt ihn Hermine.

»Gut gemacht! Ich fahre das System wieder herunter«, informiert der Captain seine Crewmitglieder. »So, die Lebenserhaltung ist online, die Scans laufen einwandfrei. Also gut festhalten, ich zünde die Triebwerke.« Die Turbinen starten. Der Boden fängt an zu vibrieren und auf den Monitoren ist zu erkennen, dass der Raumgleiter mit drei von vier Fahrwerkstützen einige Zentimeter abhebt.

»Ich schätze, die Magnete lassen sich noch ein bisschen besser ausrichten. Wir können morgen einen Sprung testen«, meint Leonardo. Legolas setzt den Raumgleiter vorsichtig wieder auf dem Boden auf.

»Wir haben es geschafft«, sagt der Captain begeistert

und sichert die Systeme. Kurz darauf geht er zurück in den Maschinenraum, um mit Hermine und Leonardo das Hilfsfahrwerk abzubauen.

DIE ARBEITSROBOTER

Legolas, Hermine und Leonardo gehen in den Laderaum und steigen je in einen Arbeitsroboter. Diese kräftigen Maschinen sind zum Beladen und Entladen des Raumgleiters konzipiert. Es handelt sich um die leichten Standardmodelle 305 mit dem Drei-Finger-Greifmodul und der herkömmlichen Zweibein-Ausführung.

»Dann lass uns tanzen«, sagt Hermine. Der Roboter stampft mit ihr los in Richtung Laderampe. Um die Maschine zu steuern, muss sie ihren gesamten Körper einsetzen. Obwohl sich unter den Stahlfüßen der Androiden Gummipuffer befinden, setzen sie nur schwerfällig auf dem Boden auf, wobei ein dumpfes Geräusch zu hören ist. Legolas und Leonardo gehen schwerfällig hinter Hermine die Ladeluke herunter. Legolas kommt mit seinem Laderaum-Roboter um die Ecke und imitiert mit seinem Arm die Bewegungen, die nötig sind, um den Stahlträger zu erreichen. Nahezu zeitgleich fährt der Arm der Maschine mit einem hydraulischen Geräusch aus. Legolas drückt seine behandschuhten Finger zusammen, und der Roboter fasst mit seiner Dreifingereinheit den massiven Stahlträger, zieht ihn vorsichtig, aber mühelos zur Seite und legt die Stütze am Rande der Halle ab. Die drei Crew-Mitglieder sind ein gut eingespieltes Team. Schnell haben sie das Eisengestänge demontiert. Nachdem sie die Maschinen wieder zu ihren Plätzen bewegt und mit Sicherheitsklammern an der Wand befestigt haben, sagt Leonardo:

»Ich gucke mir noch schnell die Magnete an, es dauert

nicht lange. Ihr könnt ja schon zum Mexikaner vorgehen, ich komme dann nach.«

»Kann ich dir beim Kalibrieren helfen?«, fragt Legolas.

»Ach, ich mache eine einfache Grundeinstellung, die Feineinstellung müssen wir eh unter Last machen«, erklärt ihm Leonardo.

»Also gut, dann gehe ich jetzt mit Hermine los«. Legolas und Hermine gehen aus der Halle, der untergehenden, feuerroten Sonne entgegen.

»Ich mache mir Sorgen«, sagt Hermine. »Warum? Läuft doch alles bestens. Wenn morgen beim Probeflug alles gut geht, dann können wir uns bald unseren Traum erfüllen.«

»Nein, das meine ich nicht. Es gibt zunehmend Unruhen auf der Erde, und das beunruhigt mich.«

»Das braucht uns doch gar nicht zu kümmern. Unser Zuhause ist hier. Hast du vergessen, dass es für uns auf der Erde keine Zukunft mehr gibt? Außerdem ist es verboten, über die Erde zu sprechen. Meinst du, ich würde auch nur einen Gedanken daran verschwenden, wieder zurückzugehen?«

Legolas pflückt im Vorübergehen eine Apfelsine und teilt sie mit Hermine. Sie gehen die staubige Straße hinunter zu dem kleinen Ort namens „Oase". Der große Greifvogel zieht noch immer elegant seine Kreise am Horizont. Die langen Gräser am Rande des Weges tanzen im Rhythmus des Windes. Als sie an Arthurs Haus vorbeikommen, sehen sie ihn in seinem Schaukelstuhl vor der Tür sitzen.

»Hallo Arthur«, grüßt ihn Legolas. Aber der ehemalige Erdenbewohner gibt schon seit einiger Zeit keine Antwort mehr, der Stuhl schaukelt einfach weiter.

»In letzter Zeit habe ich Arthur nur noch im Schaukelstuhl angetroffen. Ich kenne ihn übrigens von der Erde. Wir waren fast Nachbarn, genau wie hier«, erzählt Legolas. Vor dem Marktbrunnen läuft ihnen Sonja über den Weg.

»Na, ihr Astronauten? Ich habe gehört, dass es bald losgeht.«

»Ja, klar. Du, wir gehen jetzt zum Mexikaner, komm doch auch auf ein Bier vorbei«, ruft Hermine ihr zu.

»O. K., dann sehen wir uns gleich, bis später«, sagt Sonja und geht weiter. Alle Bewohner des Ortes lassen sich von Zeit zu Zeit beim Mexikaner sehen, um zu erfahren, ob es Neuigkeiten gibt. Eine Windböe wirbelt den Sand hoch, Legolas öffnet die Tür und betritt mit Hermine das Lokal.

DER MEXIKANER

Im Inneren des mexikanischen Lokals sieht es aus wie in einem Urwald. Die unterschiedlichsten Pflanzen und Bäume sind im Raum verteilt. An den Wänden hängen brennende, knisternde Fackeln. Das Restaurant ist gut besucht. Die Theke, an der mehrere Gäste sitzen, ist mit einem Bambusdach abgedeckt. Ein Paar hat es sich am Zweiertisch gemütlich gemacht und auch die anderen Tische sind gut besetzt. Es herrscht ein wirres Durcheinander von Stimmen.

»Guck mal, wer da kommt! Unsere Raumfahrer!«, ruft ein tätowierter, großer Mann hinter der Theke.

»Ich freue mich, dich zu sehen, du furchtloser Krieger«, lacht Hermine. Legolas grüßt den Tätowierten mit erhobener Hand wie ein Indianerhäuptling und sagt: »How«. Als sie die Theke erreichen, schleicht sich eine kräftige blonde Frau an Legolas heran und nimmt ihn in den Schwitzkasten.

»Ha, hab ich dich!« Legolas schnellt herum, aber die Frau hat ihn fest im Griff. Er kann sich nicht befreien. Plötzlich ertönt Gelächter.

»Du konntest mich nicht abschütteln. Das kostet dich eine Lokalrunde«, sagt die Blondine lachend.

»Die furchtlose, wüste Wally«, stellt Legolas grinsend fest, nachdem sie ihn wieder losgelassen hat. »Du hast dich angeschlichen, das ist gemein und hinterhältig. Na gut, das Bier hast du redlich verdient.«

Arm in Arm stehen die beiden an der Theke.

»Ein Bier für das Teufelsweib und auch für die anderen.« Die wüste Wally lacht herzhaft.

»Na, du Lump, wie geht es dir?«

»Es soll ja bei euch bald losgehen«, mischt sich eine Stimme von hinten ein. Legolas dreht sich um.

»Ach, unser Bäckermeister! Schön, dich zu sehen!«

»Möchtest du dich nicht mit deiner Begleitung zu uns an den Tisch setzen und uns erzählen, wohin die Reise gehen soll?«, fragt der Bäcker. Legolas schaut Hermine und die wüste Wally fragend an. Beide nicken ihm zu und sie gehen zu dem Tisch, an dem der Bäcker mit seinen Freunden sitzt.

»Wo habt ihr Leonardo gelassen?«, fragt der kräftige Mann.

»Leonardo kalibriert die Grundeinstellung der Spulen und müsste jeden Augenblick kommen«, erklärt Hermine.

»Morgen geht es also los?«

»Ja, morgen machen wir sozusagen eine Proberunde«, bestätigt Legolas.

»Ich habe gehört, dass ihr unvorstellbare Distanzen erreichen könnt, indem ihr den Raum krümmt. Wie kann man sich das vorstellen?«, fragt eine Frau mit einem kunstvollen Brustpanzer aus Leder, die am gleichen Tisch sitzt.

»Ja, das ist nicht so einfach zu erklären... mh, mh, also man muss...«, stottert Legolas.

»Also, man muss sich das so vorstellen«, erklärt Hermine, nimmt einen Bierdeckel und zieht einen Strich darauf. »Die kürzeste Verbindung zwischen zwei Punkten ist eine Gerade.« Sie knickt den Bierdeckel, so dass nun beide Punkte übereinander liegen. »Es sei denn, man krümmt den Raum, dann braucht man nur die Mitte zu durchqueren«. Hermine durchbohrt den Bierdeckel mit einem Kuli. »So ungefähr muss man sich das vorstellen.«

»Aber um den Raum einmal zu krümmen, braucht man sehr viel Energie«, meldet sich Legolas wieder zu Wort, »und deshalb krümmen wir den Raum öfter. Gerade so, dass ein kleiner Korridor entsteht, durch den unser Raumgleiter hindurchpasst. Der Raum wird quasi tausendmal zusammengefaltet, ähnlich wie eine Ziehharmonika.«

»Ist das nicht gefährlich?«, fragt die Frau mit dem Brustpanzer.

»Ach, das ist alles kalkulierbar«, erklärt Legolas.

»Also, wenn jetzt nicht bald das Bier kommt, ist nichts mehr kalkulierbar«, meldet sich der tätowierte Mann am anderen Ende des Tisches zu Wort.

»Ach, das ist unser gefährlicher Bauer«, sagt die wüste Wally und lacht so laut, dass der Bauer, der gerade noch ziemlich böse dreinschaute, sich ein Grinsen nicht verkneifen kann.

»Ich bin ja schon da«, beruhigt der Wirt und stellt das Tablett mit dem Bier auf den Tisch.

»Ja, so ist das richtig«, sagt der Bauer grinsend, nimmt das Glas und trinkt es in einem Zug leer. »Das war doch nur ein Fingerhut voll! Ich brauche mehr Bier«, ruft er, rülpst und schlägt den leeren Bierkrug auf den Tisch.

»Ja, ja, ich zapfe dir ja schon ein neues Helles«, ertönt die Stimme des Barmannes hinter dem Tresen.

»Wie funktioniert das eigentlich mit der Energieversorgung im All und warum müssen die Magnete so genau eingestellt werden?«, möchte die wüste Wally wissen.

»Um den Raum zu falten, braucht man enorm viel Energie, und die beste Möglichkeit, um eine solche Menge zu erzeugen, ist eine Blase aus reiner Energie. Die Magnete kontrollieren die Größe der Energieblase«, erklärt Legolas.

»Aber ist es nicht so, dass eine Energieblase eine Menge Energie braucht, um überhaupt zu entstehen?«

»Ja, das stimmt. Aber bei einer bestimmten Größe dreht sich das Verhältnis um, und sie produziert einen Überschuss an Energie.«

»Was ist, wenn die Energieblase implodiert?«

»Das wird nicht passieren, weil der Computer permanent die Spulen kontrolliert und ich wiederum den Computer«, mischt sich eine neue Stimme von hinten ein. Sie gehört Leonardo.

»Na, dann kann es ja morgen losgehen«, sagt Legolas.

DER PROBEFLUG

»Jetzt ist es also soweit«, sagt Hermine.

»Ja, jetzt kommt's drauf an«, bestätigt Leonardo. Die drei Freunde schieben das riesige Scheunentor auf und stehen dann nebeneinander vor der offenen Halle und sehen hinein.

»Das Raumschiff ist wirklich schön«, sagt Legolas und schaut zur verchromten Spitze des Raumgleiters hoch.

»Ja, das ist es«, erwidert Hermine, die Legolas mit den Augen folgt.

»Dann lass uns das Baby mal anwerfen«, meint er. Die drei marschieren unter der Flugmaschine bis zur Ladeluke und betreten von dort aus das Innere des Raumschiffes. Die Notbeleuchtung ist eingeschaltet. Sie durchqueren den Laderaum in Richtung Aufzug. In der Nähe des Aufzuges befindet sich ein Steuerpult. Hermine tippt ein Symbol auf dem Touchscreen an. Ein surrendes Geräusch erklingt und die Ladeluke beginnt sich zu schließen. Sie betreten den Aufzug und fahren zur Brücke hinauf, die nur spärlich beleuchtet ist. Legolas und Hermine setzen sich auf die mittleren Sessel, während Leonardo auf dem linken Vordersitz Platz nimmt.

»Also, es geht los«, sagt Legolas und drückt auf seinen Touchscreen. Sogleich ist die Führungszentrale angenehm hell erleuchtet. Ein wenig später ertönt das Surren des Computers und wird allmählich lauter. Leonardo drückt ein Symbol auf dem Berührungsmonitor und eine holographische Darstellung der Reiseroute erscheint im oberen Teil der Kommandobrücke. Kurz darauf klaren die verdunkelten Scheiben ein wenig auf.

»Dann gehen wir einmal den Check durch«, sagt Legolas und fragt die Checkliste ab. »Navigation?«

»Ist online,« antwortet Hermine.

»Lebenserhaltung?«

»Ist online«

»Maschinenraum?«

»Ist online.«

Als sie die Kontrollliste durchgearbeitet haben, befiehlt Legolas: »Energieblase starten!«

Leonardo startet die Magnete im Maschinenraum. Der Aufbau der Energieblase kündigt sich mit einem pochenden Geräusch an.

»Auf sieben Prozent hochfahren«, ordnet der Captain Legolas an.

»Sieben Prozent liegen an und laufen stabil«, bestätigt Leonardo.

»Wir können die Triebwerke nicht warmlaufen lassen, sonst fackeln wir die Scheune ab«, gibt Hermine zu bedenken.

»Triebwerke zünden und sofort starten«, befiehlt der Captain. Die Turbinen kündigen sich mit einem Dröhnen und einem leichten Vibrieren an.

»Sechs Triebwerke gezündet und online«, sagt Hermine.

»Ja, dann bring uns mal hier raus«, meint Legolas.

Hermine drückt einige Symbole und Zahlen auf dem Touchscreen und der Raumgleiter hebt einige Zentimeter vom Boden ab.

»Ziehe Fahrwerk ein«, meldet Hermine. Das hydraulische Geräusch des einfahrenden Fahrwerks ist zu hören. Dann bewegt sich der Raumgleiter langsam Zentimeter für Zentimeter aus der Scheune. Plötzlich ein leichtes Ruckeln.

»Wir haben eine leichte seitliche Energiedifferenz ... ich gleiche sie aus«, informiert Hermine die anderen.

»Was war das?«, fragt Legolas.

»Ich nehme an, eine leichte Energieschwankung. Kalte Triebwerke eben«, vermutet Hermine.

»Wir haben auf der rechten Seite 0,8 Prozent mehr Leistung«, bemerkt Leonardo.

»Rechte Außenkamera an«, sagt Legolas. Sogleich erscheint auf dem Monitor die Außenansicht der rechten Tragfläche, an der ein abgerissenes Stück des Scheunentors baumelt.

»Fahrwerk ausfahren«, befiehlt Legolas, und als dies erfolgt ist, leuchten vier grüne Lichter auf dem Steuerpult auf.

»Landen«, befielt Captain Legolas. Der Raumgleiter setzt einige Meter hinter der Scheune auf einer Wiese auf. Kurz darauf öffnet sich die Ladeluke und die drei Astronauten verlassen den Gleiter, um das Stück Scheunentor in Augenschein zu nehmen, das am Flügel des Raumgleiters hängengeblieben ist. Die Rahmenkonstruktion des Tors hängt an der Tragfläche fest.

»Du hast unseren Raumgleiter zerkratzt«, tadelt Legolas Hermine und schaut sie vorwurfsvoll an.

»Und nicht nur das«, schreit Leonardo. »Sie hat auch unsere Scheune in Brand gesetzt!« Er rennt los.

Die Turbinen haben das Regal mit den alten Putzlappen entzündet, und jetzt brennt es lichterloh. Legolas und Hermine laufen hinter Leonardo her. Mittlerweile hat das Feuer die hölzerne Wand erreicht und füllt die Scheune mit schwarzem Rauch. Doch dann steht Leonardo mit der großen Wasserkanone davor und öffnet das Ventil. Ein dicker Wasserstrahl mit ungeheurem Druck setzt dem Feuer zu. Obwohl Leonardo vor Kraft nur so strotzt, wird er von der Wucht des Wasserstrahls weggedrückt. Er hat große Probleme, den Schlauch ruhig zu halten. Der Strahl geht oft unkontrolliert hin und her. Doch dann hat Leornado es geschafft. Das Feuer ist gelöscht.

»Gut gemacht!«, lobt Hermine.

»Ach, von einem kleinen Feuer lassen wir uns doch nicht ärgern«, meint Leonardo. Wenig später stehen die drei Astronauten wieder vor ihrem Raumgleiter.

»Wir müssen ein Gerüst aufbauen, um das Tor wieder abzunehmen. Anders kommen wir nicht dran«, schlägt Leonardo vor.

»Wir können doch einfach losfliegen. Irgendwo verlieren wir es schon«, sagt Hermine.

»Zu gefährlich! Das Ding könnte Richtung Dorf fliegen und jemanden verletzen!«

»Warum schießen wir es nicht einfach mit unserer Bordkanone ab?«

»Hmm«, überlegt Legolas. »Die Kanone ist noch nicht eingeschossen. Wir könnten die Tragfläche beschädigen.«

»Dann müssen wir eben genau zielen«, meint Leonardo.

»Das könnte funktionieren. Wir würden eine Menge Zeit sparen und könnten heute noch unseren Probeflug absolvieren.«, wirft Hermine ein.

»Also gut«, sagt Legolas. »Dann lass es uns versuchen.«

Sie betreten den Raumgleiter und gehen auf die Brücke. Hermine stellt sich vor ein Stehpult im hinteren Teil der Brücke und Legolas und richtet die Laserkanone aus.

»So müsste es gehen. Wir warten auf deinen Befehl, Captain.«

»Also gut, wir versuchen es ... Feuer!«, befiehlt Legolas. Hermine drückt auf das entsprechende Symbol. Im gleichen Augenblick explodiert das am Flügel hängende Tor und zerbirst in tausend Teile. Ebenso das Haus des Captains, das in einiger Entfernung dahinter steht. Einige Sekunden stehen alle vor dem Steuerpult wie erstarrt. Dann tänzelt Hermine nach hinten und sagt: »Ups!«

Legolas schaut sie vorwurfsvoll an.

»Du hast mein Haus abgeschossen!« Er blickt zur Decke empor und pfeift eine kleine Melodie. »Das ist dumm gelaufen«, sagt er.

»Aber zum Glück war niemand im Haus. Und zumindest wissen wir jetzt, dass die Kanone funktioniert«, versucht Hermine ihn zu trösten.

»Also gut, dann lasst uns von hier verschwinden. Zum Glück habe ich alle wichtigen Dinge schon an Bord.«

Sie gehen wieder zu ihren Plätzen und werfen die Turbinen an. Hermine gibt auf ihrer Steuerkonsole einen Kurs in Richtung Orbit ein. Prompt erscheint die Flugroute mit allen Asteroiden und Planeten auf einer dünnen Linie.

»Beschleunigen.«, befiehlt der Captain Der Raumgleiter hebt ab. Als sie durch die Wolkendecke fliegen, kommen leichte Turbulenzen auf. Plötzlich sind fragmentarisch einzelne Sterne zu erkennen. Dann wird es dunkel.

»Wir sind im Orbit«, sagt Hermine. Im selben Augenblick schwebt die Besatzung von ihren Sesseln.

»Ist die künstliche Schwerkraft nicht online?«, fragt der Captain, der sich ungeschickt an der Sessellehne festzuhalten versucht.

»Hmm, ich glaube nicht«, meint der Verantwortliche, der zwischen holographisch erzeugten Planeten an der Decke umherschwebt.

»Gibt es einen Grund dafür?«, hakt der Captain nach.

»Mmh, ich glaube nicht«, antwortet der jetzt im hinteren Teil der Brücke schwebende Befehlshaber.

»Ist die Lebenserhaltung online?«, fragt der Captain.

»Die Lebenserhaltung ist online«, bestätigt die Stimme aus oben.

»Vorsicht, festhalten! Ich stelle jetzt die Schwerkraft wieder her«, kündigt der Captain an.

»Ha, ha, sehr lustig! Wo soll ich mich denn festhalten?«, schimpft der umherfliegende Leonardo. Der Captain hat Koordinierungsprobleme und kann seinen Touchscreen nicht erreichen. Endlich drückt er mit der linken Hand einige Symbole, und prompt fällt die Mannschaft zu Boden.

»Schwerkraft hergestellt«, stellt Leonardo fest und geht wieder zu seinem Platz.

»O.K.«, bestätigt der Captain und grinst.

»Dann wollen wir einmal die Funktion der Energieblase testen«, kündigt Legolas an.

»Ich würde empfehlen, die Energieblase erst einmal vorsichtig auf 50 Prozent hochzufahren«, schlägt Leonardo vor.

»Also gut, langsam auf 50 Prozent anfahren«, stimmt Legolas zu. Leonardo zählt laut mit:

»35 Prozent... läuft stabil... 45 Prozent... 50 Prozent... läuft innerhalb der Toleranzwerte.«

»Kurs ist berechnet und online«, sagt Hermine.

»Also, dann lasst uns den Raum krümmen... beschleunigen«, befiehlt Legolas und der Raumgleiter gewinnt an Tempo. Die Sterne, die durch die Kanzel zu sehen sind, werden zu langen Strichen. »Wie lange dauert es bei dieser Geschwindigkeit bis zum nächsten bewohnten Planeten?«, fragt Legolas.

»Wir sind in der Nähe von Alpha 3. Bei diesem Tempo bräuchten wir fünf Tage und neunzehn Stunden«, sagt Hermine. »Wenn wir die Energieblase bis auf 70 Prozent hochfahren, brauchen wir nur drei Tage.«

»Davon kann ich nur abraten, denn wir haben nur zwei Ersatzspulen an Bord und die eingebauten Magnetspulen sind alt. Wir sollten uns erst ein paar neue besorgen«, warnt Leonardo.

»Wir kriegen gerade einen Funkspruch von Planeten Alpha 3 rein«, meldet Hermine plötzlich.

»Ja, dann lass mal hören«, meint Legolas.

»Hallo, hier ist Alpha 3! Wir brauchen dringend einen Medikamententransport zu Alpha 4.«

»Bedaure, wir sind nur auf einem Testflug und fliegen gleich wieder zurück«, antwortet Legolas.

»Ich sehe, dass Sie mit Überlichtgeschwindigkeit fliegen«, tönt es aus dem Lautsprecher. »Auf Alpha 4 ist eine Seuche ausgebrochen und dort brauchen sie dringend Medikamente. Das nächste Raumschiff ist mindestens siebzehn Tage entfernt. Aber bis dahin ist die Seuche wahrscheinlich nicht mehr einzudämmen. Falls Sie es früher schaffen, werden wir uns erkenntlich zeigen. Ich schlage vor, ich schicke Ihnen die Verkaufsbedingungen zu und Sie entscheiden nach der Durchsicht. Over.«

Wenig später erscheinen die Konditionen auf dem Monitor.

»Das ist wirklich ein großzügiges Angebot«, stellt Hermine fest.

»Von dem Geld könnten wir komplett alle Spulen auf einmal austauschen und haben danach noch jede Menge übrig«, bestätigt Leonardo. Legolas schaut ihn fragend an.

»Davon könnten wir ein neues Haus für unseren Captain kaufen«, grinst Leonardo. »Aber wir müssten die Energieblase höher als 50 Prozent fahren.«

»Genau auf 63,4 Prozent», antwortet Hermine. »Wenn diese Dinger neu und gut justiert sind, dann halten sie locker 85 – 90 Prozent aus. Aber bei den alten ist das schwer zu sagen. Ich gehe runter in den Maschinenraum und sehe, was ich machen kann. Vielleicht sollten wir es doch versuchen.«

»O.K.«, bestätigt Legolas und verschwindet. Wenig später ertönt eine Stimme aus dem Lautsprecher.

»Ich kalibriere jetzt fein. Die Blase läuft stabil. Ich schlage vor, wir fahren die Energie langsam hoch.«

»Also gut. Hochfahren nach eigenem Ermessen«, befiehlt Legolas von der Brücke. Hermine zählt mit.

»55… 60… 63.4 Prozent. Es hat geklappt!«

Aus dem Lautsprecher erklingt eine Stimme:

»Die Energieblase läuft stabil und innerhalb der Toleranzwerte. Ich komme wieder hoch auf die Brücke.«

»Ja, dann haben wir jetzt was zu feiern«, sagt Legolas. Wenig später kommt Leonardo zurück und begrüßt die anderen mit einem zufriedenen Grunzen. Sie grunzen zurück.

»Also, wir haben die nötige Geschwindigkeit, genug Antimaterie und genug Nahrung und Wasser an Bord«, erklärt Leonardo. »Wenn es keine Einwände gibt, dann sage ich den Medikamententransport jetzt zu.«

Leonardo und Hermine nicken bejahend.

»Bitte öffne den Kanal, Hermine«.

»Kanal offen.«

»Hier Raumgleiter 223. Wir übernehmen den Auftrag.«

»Oh, das freut uns! Sie helfen uns wirklich sehr. Wir erwarten Ihre Ankunft zum festgelegten Termin... Over.«

»Kanal geschlossen«, sagt Hermine und gibt den neuen Kurs ein. Prompt erscheint die neue Route über den Köpfen der Crew. Die neue Kurslinie schlängelt sich an Asteroiden vorbei, direkt nach Alpha 3. Hermine geht durch den holographisch im Raum schwebenden Asteroiden zu einem Stehpult an der Wand.

»Nun ja, der Kurs ist berechnet und eingegeben, alle Systeme laufen innerhalb der Toleranzen. Den Rest macht der Computer. Ich würde sagen, wir gehen nach hinten und feiern«, schlägt Hermine vor und sichert den Kurs. Wenig später gehen sie durch die große Glasschiebetür, um in den hinteren Teil des Schiffes zu gelangen.

»Jetzt müssen nur noch die Spulen halten«, sagt Leonardo, während sie durch den Vorraum bummeln, in dem sich neben einigen Zimmerpflanzen auch eine Sitzecke aus weißem Leder und ein Couchtisch befinden. Die Crew geht lachend durch den Flur zur Kombüse.

»Das ging schneller als gedacht«, meint Leonardo. »Zu diesem Anlass habe ich etwas ganz Besonderes besorgt«. Er öffnet eine Schranktür und nimmt drei Gläser heraus. Legolas gießt ein helles, schäumendes Getränk ein und prostet seiner Crew zu.

»Auf gute Zusammenarbeit!« Sie erheben das Glas und trinken.

Drei Tage sind sie bereits ohne besonderen Zwischenfall unterwegs. Als sie gerade im Vorraum der Brücke Karten spielen, ertönt plötzlich Alarm. In den Bedienelementen an den Wänden beginnen gelbe Dioden zu blinken.

»Was ist das?«, fragt Legolas und springt auf. Wenig später sind alle auf der Brücke an ihren Plätzen.

»Der Annäherungsalarm ist ausgelöst. Wir sind auf Kollisionskurs mit einem Asteroiden«, erklärt Hermine.

»Wie kommt das? Hat der Computer den Kurs nicht angepasst?«, fragt Legolas. Hermine drückt auf ihren Touchscreen – doch nichts passiert. Sie springt auf und läuft zu einer der anderen Konsolen an der Wand, doch auch dort rührt sich nichts.

»Der Computer reagiert nicht!« Auch bei Leonardo und Legolas ist die Bedienung des Touchscreens wie eingefroren. Sie versuchen es an allen Steuerpulten, doch bei keinem Bedienelement erhalten sie einen Zugang zum Computer. Dann starrt Hermine auf die Uhr im Touchscreen.

»Die Uhr steht seit drei Tagen still«.

»Seitdem wir die Energieblase gestartet haben«, präzisiert Leonardo.

»Status der Energieblase?«, fragt Legolas.

»Sie läuft stabil«, beruhigt Leonardo.

»Wir sind um drei Prozent vom Kurs abgewichen«, stellt Hermine fest. »Wenn wir keinen Zugang zum Computer bekommen, müssen wir ihn neu starten.«

»Wir können den Computer nicht herunterfahren, solange die Energieblase online ist. Der Computer regelt die Eindämmung«, gibt Leonardo zu bedenken.

»Wir haben also keinen Zugang zum Computer, können

ihn aber auch nicht herunterfahren, weil er die Eindämmung der Energieblase regelt«, wiederholt Legolas fassungslos. Plötzlich verspürt er einen entsetzlichen Schmerz an seinem Hinterteil und springt auf. Es fühlt sich an, als würde ihn etwas in den Hintern beißen. Legolas schreit auf und schaut rückwärts an sich herunter, doch es ist nichts zu sehen. Hermine und Leonardo sehen ihn verblüfft an. Dann wird Legolas klar, dass der Schmerz real ist. Er schreit:

»Ihr übernehmt!«, und rennt durch die Schiebetür in Richtung Quartier. Als er durch den Flur sprintet, wird der Schmerz unerträglich und er drückt auf den Button „Ausloggen". Dann merkt Legolas, dass er fällt. Ihm wird schwarz vor Augen.

DAS ERWACHEN

Der Schmerz im Gesäß ist real und unheimlich quälend. Legolas nimmt vorsichtig die Maske ab, die ihn von der Realität getrennt und ihn mit allen Sinnen in eine andere Welt katapultiert hat. Dabei muss er aufpassen, dass die unzähligen Glasfaserkabel, die an der Maske befestigt sind, nicht beschädigt werden. »Willkommen in der realen Welt«, denkt Legolas, dessen richtiger Name Julius Brise ist. Er hängt die 3-D-Grafik-Maske an ihren Platz neben der Liege. Die Maske versorgt ihn nicht nur mit Sauerstoff – sie hat auch Julius' Empfindungen im Kopf manipuliert. Vorsichtig zieht er unzählige, farbig gekennzeichnete Verbundstecker aus seinem Anzug, der große Ähnlichkeit mit einem Taucheranzug hat. Ein Wunderwerk der heutigen Technik. Der Anzug kann Wärme und Kälte an allen Gliedmaßen imitieren. Er kann durch leichte elektrische Impulse das Gefühl vermitteln, dass einem die Haare zu Berge stehen. Er kann sogar die Geschlechtsorgane stimulieren. Der Anzug, so verspricht die Werbung, kann seinen Träger emotional intensiver stimulieren als das reale Leben. Julius zieht den dauerhaft installierten Venenkatheter aus seiner Leiste und schiebt den Reißverschluss seines Anzuges auf. Als er die Überlebenseinheit überprüft, bemerkt er, dass der Tropf mit der Nährlösung fast leer ist. Das System hätte längst Alarm geben und sich dann abschalten müssen. Langsam gewöhnen sich Julius' Augen an das schummrige Licht in seinem Badezimmer. Dann zieht er vorsichtig den Katheter aus seinem Penis. Plötzlich hört er unter sich ein Geräusch.

„Ach du Donner, da bewegt sich etwas in der Toilette", denkt er, zieht hektisch seinen Anzug aus und springt unbeholfen von der Liege, die genau über dem Abort installiert ist. Ihm ist kalt und unwohl. Als er vor der Pritsche steht, muss er sich festhalten und taumelt zur Wand, damit er nicht umfällt. Dann zwingt ihn sein Kreislauf, sich zu setzen. Julius hockt sich in die Ecke seines Badezimmers und versucht sich zu beruhigen. Normalerweise muss man nach dem Beenden der *Neuen Welt* mehrere Minuten warten, bis man vorsichtig aufstehen kann. Julius gehört zu den Glücklichen, die an diesem Projekt teilnehmen dürfen. Das Unternehmen wurde gemeinsam vom Regierungsprogramm „Start 2019" und einigen Konzernen, die ihre Beteiligung geheim halten, entwickelt und finanziert. Es soll durch geistige Inspiration die Lebensfreude wecken und somit ein Sprungbrett für eine positive Lebenseinstellung darstellen. Die Klienten sollen durch schöne Erfahrungen motiviert werden, das Leben wieder optimistisch in die Hand zu nehmen und produktiv am Aufschwung mitzuwirken. Um an diesem Programm teilzunehmen zu können, muss man nur die kostbaren Lebensmittelkarten gegen sogenannte Überlebens-Einheitsmarken tauschen, die lediglich für billige, kompensierte Nährstoff-Infusionen eingelöst werden können. Als Gegenleistung bekommt man die komplette Ausrüstung zu einem Spottpreis: die Liege, den Anzug mit Maske und den Support für die großartige Plattform „Neue Welt". Die Verantwortlichen berichten in unzähligen Studien über die Wirksamkeit des Programmes zur Wiedereingliederung der Bürger in den Arbeitsmarkt.

Als Julius langsam zu Kräften kommt, bemerkt er, dass er nicht allein ist. Langsam und mit großer Anstrengung richtet er sich auf und schaltet das Licht ein. Pelzige Wesen huschen schnell in die dunklen Ecken des kleinen Badezimmers. Julius identifiziert sie als Ratten. Nun bemerkt er den Blutfleck in der Ecke auf dem Boden. Die Blutspur erstreckt sich von der Liege bis zur Badezimmerecke und führt zurück zu ihm. Als er sich umsieht, erblickt er eine blutende Wunde an seinem Hinterteil. Die blutverschmierte Liege, die zu dem Programm *Neue Welt* gehört und über der Toilette hängt, verfügt über ein ausgeklügeltes Fäkalien-System. Sie ist so konstruiert, dass eine Entschlackung, Reinigung und Pflege des Gesäßes permanent gewährleistet ist. Doch an Ratten, die durch die Kanalisation kommen, hatten die Erfinder wohl nicht gedacht. Julius hat in seinem emotionalen Zustand keine Kraft, um den Kampf mit den Tieren aufzunehmen, und flüchtet ins Wohn-Schlafzimmer seiner Einzimmerwohnung mit Bad. Schnell zieht er die Tür hinter sich zu und schaltet das Licht an. Der Wohnraum scheint frei von Ratten zu sein. Völlig erschöpft lässt Julius sich auf das alte, verdreckte Sofa fallen, um sich ein wenig auszuruhen. Mehrere Minuten lang sitzt er reglos auf dem Sofa, ohne auch nur einen klaren Gedanken fassen zu können. Plötzlich nimmt er wieder den pochenden Schmerz an seinem Gesäß wahr. Es blutet und schmerzt zugleich entsetzlich. Er bemerkt, wie das Blut das Sofa einfeuchtet. Plötzlich schreckt er panisch auf, denn ihm ist der Gedanke gekommen, die Wunde könnte sich entzünden oder er könnte sogar verbluten. Auf wackeligen Beinen steht Julius auf, um seine Wunde zu versorgen. Als er aber dann vor dem Schrank steht, weiß er nicht mehr, was er dort eigentlich wollte. Er hat bereits wieder vergessen, dass er seine Wunde versorgen wollte, und starrt minutenlang die Schrankwand an. »Vielleicht sollte ich einfach die Schranktür öffnen, eventuell fällt mir dann ein, was ich eigentlich wollte«, denkt er. Als er seinen eigenen Rat befolgt und in den Spiegel auf der Innenseite schaut, zuckt er zusammen. Er sieht einen alten, völlig unterernährten, nackten Mann mit blasser, aufgedunsener runzliger Haut und verschrumpelten Gliedmaßen. Traurig geht er wieder zu seinem Sofa und setzt sich hin. Obwohl er in letzter Zeit regelmäßig ein bisschen Sport getrieben hat, um zumindest funktionstüchtig zu bleiben, wie er sich selber immer einredete, ist sein Aussehen erschreckend. Es vergehen einige Minuten, bis er sich der Kälte bewusst wird und sich ein paar Kleidungsstücke aus dem Schrank holt. Er findet noch einen letzten Rest Wodka und eine halbe Rolle Panzerband, um seine Wunde zu versorgen. Nachdem er die Wunde mit Wodka gereinigt hat, legt er ein Stück Stoff darauf und klebt ihn mit dem Panzerband an seinem Hinterteil fest. Dann setzt er sich wieder auf das Sofa und schläft kurze Zeit später erschöpft ein.

Als er aufwacht, verspürt er wieder das schmerzhafte Pochen an seinem Hintern. Er hat keine Ahnung, wie lange er geschlafen hat. Waren es nur Minuten oder gar Tage? Er kann weder den Wochentag noch den Monat bestimmen. Wenn die Sonne nicht gerade durch das winzige Fenster in seiner kleinen Wohnung in der zweiten Etage hereinscheinen würde, wüsste er noch nicht einmal, dass es Tag ist. Vielleicht ein Tag im Oktober? Julius schaut aus dem Fenster auf die graue Straße. Es ist niemand zu sehen und überall liegen Müllberge herum. Pelzige Tierchen mit einem unbehaarten langen Schwanz huschen umher. Der Himmel in der einst so prosperierenden Stadt Gelsenkirchen im Ruhrpott ist grau und trist.

Der Schmerz zwingt Julius zu einer Entscheidung. Er beschließt, noch schnell zum Arzt zu gehen, obwohl die Dämmerung schon einsetzt. Er kann sich an einen Dr. Birkner in der Nähe erinnern, der ihm vor langer Zeit einmal positiv aufgefallen ist.

Er hat ihn damals wie einen Menschen behandelt.

Julius steckt einen übrig gebliebenen, harten Schokoriegel in den Mund und muss feststellen, dass auch seine Beißmuskulatur schwach geworden ist. Er wählt robustes Schuhwerk und zieht sich die Socken über die Hose, damit ihm die pelzigen Viecher nicht ins Hosenbein klettern können. »Auf keinen Fall die Papiere vergessen«, denkt er. Das letzte Mal, als er draußen war, hat ihn die Bürgerwehr einen Tag und eine Nacht lang eingesperrt, nur weil er seine Papiere nicht vorweisen konnte. Damals wollte er nur schnell seine Überlebenseinheiten holen und hatte nur die Marken zur Identifikation dabei. Um durch die Kontrolle der Bürgerwehr zu gelangen, war das jedoch zu wenig. Nun hat er alles: Schlüssel, Papiere und die Gesundheitskarte. Julius betritt den dunklen, muffigen Hausflur.

DER WEG ZUM ARZT

Im Hausflur steigt Julius sofort der Müllgestank in die Nase. In der Dunkelheit kann er keine Ratten entdecken. Vorsichtig klettert er über ein altes Sofa und einen Haufen Müll zur Tür, öffnet sie und steht auf der Straße. Es ist nicht weit bis zur Arztpraxis, aber Julius ist schwach und kann nur kleine Schritte machen. Durch seinen langen Aufenthalt in der *Neuen Welt* ist seine Muskulatur verkümmert und seine Sehnen haben sich im Laufe der Zeit verkürzt. Er läuft durch das graue Wohnghetto, sucht sich einen Weg durch Müllberge und parkende, alte Autos. Viele davon haben bereits Moos angesetzt. Es ist niemand zu sehen. Der Straßenzug scheint völlig ausgestorben zu sein. In den Fenstern der mehrstöckigen Häuser spiegeln sich Fernsehbilder in wechselnden Farben. In den menschenleeren Straßen befällt Julius ein unheimliches Gefühl. Plötzlich hört er Stimmen. »Guck mal, da traut sich wieder einer raus.« Er fährt herum und entdeckt in einem Häusereingang drei Typen, die ihn mustern. Der Jüngste von ihnen macht einige schnelle Schritte auf ihn zu und schreit:

»Gleich habe ich dich.«

Julius versucht, schneller zu laufen, doch die verkürzten Sehnen in seinen Beinen verhindern auf schmerzhafte Art, dass er entkommt.

»Mensch, lass den armen Teufel doch«, sagt eine ältere Stimme.

»Es ist aber so lustig, wenn sie Panik bekommen«, lacht der Verfolger und kehrt zu seinen Kumpels zurück.

Als Julius um die Ecke kommt, sieht er schon von weitem eine lange Schlange Menschen vor der Arztpraxis stehen. Er wühlt sich durch die Menschenmassen, um sich anzumelden. Er ist nur noch wenige Meter von der Anmeldung entfernt, als ihm die Sprechstundenhilfe zuruft:

»Arschbiss?«

Verdutzt schaut Julius sie an. »Öh ... Ja.«

»Dann hinten anstellen.«

Erst jetzt bemerkt Julius, dass hier alle Menschen eine blasse, runzelige Haut haben und halb verhungert sind. Genauso wie er.

»Was ist denn hier los?«, fragt er in die Menge.

»Die Müllabfuhr streikt«, erwidert eine Frau vor ihm.

»Und deswegen haben wir eine Rattenplage«, ergänzt ein Mann weiter vorn.

»Nein, die ganze Wirtschaft ist zusammengebrochen«, erklärt eine weitere männliche Stimme aus der Menge.

»Deutschland ist pleite«, wirft eine andere Stimme ein.

»Mann, du brauchst eine ganze Schubkarre voller Geld, um ein Brot zu kaufen. Das ist los«, schimpft ein alter Herr.

Endlich ist Julius an der Reihe. Als er am Tresen angelangt ist, teilt ihm die Arzthelferin mit:

»Sobald die Nummer vier frei ist, können Sie reingehen.«

Julius wartet, bis ein älterer Mann die Umkleidekabine verlässt, und kommt in den Untersuchungsraum.

»Hose runter«, befielt eine junge, kleine pummelige Schwester. Julius gehorcht.

»Was ist denn das?«, fragt die Arzthelferin empört.

»Panzerband«, entgegnet ihr Julius.

»Sie sind ja ein Scherzkeks! Das könnte jetzt ein bisschen

wehtun. Selber schuld!«

»Ich hatte vorher ein Stofftaschentuch auf die Wunde gelegt.«

»Haben Sie eine Tetanusimpfung?«, fragt die Schwester und reißt das Panzerband ab. Julius schreit kurz auf.

»Nein, habe ich nicht«, stottert er.

»Oh, das sieht gar nicht gut aus, das sollte sich einmal der Doktor angucken«, sagt die Schwester besorgt, während sie die Wunde reinigt.

»Ha, war nur ein Witz«, scherzt sie dann und haut Julius eine Spritze in den Hintern. »So, das war unsere letzte Ampulle. Sie hatten Glück.«

»Was meinen Sie?«, fragt Julius nach.

»Unser Vorrat an Impfstoffen und Medikamenten ist erschöpft, selbst unser Verbandszeug ist fast verbraucht. Ab morgen ist die Praxis geschlossen«, sagt die Pummelige und klebt ihm eines der letzten Pflaster auf den Hintern. Julius bedankt sich und geht aus dem Raum. Dann steht er vor dem Tresen und sagt zur Sprechstundenhilfe:

»Sie haben noch gar nicht meine Gesundheitskarte.«

»Ihr lebt wirklich alle auf dem Mond! Das Gesundheitssystem ist längst zusammengebrochen, wir arbeiten schon einige Wochen ohne Bezahlung.«

Auf dem Weg nach Hause muss Julius an drei muskulösen Männern vorbeigehen, die zusammen in einem finsteren Eingang stehen. Er versucht unauffällig an ihnen vorbeizuschleichen. Als er es fast geschafft hat, ruft einer hinter ihm her:

»Hey, bist du nicht der Julius?«

Julius dreht sich zu den drei Gestalten um.

»Ja, der bin ich.«

»Ha, der Julius! Erkennst du mich nicht?« Nun schaut

Julius sich den Mann etwas genauer an.

»Bist du der Markus?«

»Mann, Julius, ich dachte, du bist schon lange verschollen! Komm her, du alter Vogel«, sagt der Mann mit dem Kapuzenpullover.

»Mensch, du bist es ja wirklich«, sagt Julius verdutzt. »Ich habe dich in dem Outfit gar nicht erkannt.«

»Ist alles nur Tarnung.«, erklärt Markus.

»Hey, pass auf, dass der dich nicht beißt«, stänkert der jüngere der drei Männer.

»Mensch lass den Quatsch, Finn«, beschwichtigt Markus seinen Freund. »Was machst denn du hier?«

»Ich komme vom Arzt. Mich hatte eine Ratte angefallen, die durch die Kanalisation kam.«

»Ja, das ist mittlerweile zu einem großen Problem geworden. Die Ratten haben gelernt, dass hinter dem Wasser in der Toilette Beute zu finden ist. Man muss vor dem Abfluss ein Gitter montieren. Aber komm erst einmal rein, du siehst ja halb verhungert aus.«

»Kann man dem Typen denn trauen?«, fragt Finn.

»Mann, Finn, das ist doch Julius! Wir kennen uns seit der Schulzeit, dem können wir vertrauen.« Markus fasst Julius am Arm:

»Dass ich dich hier treffe, ist ja ein Zufall. Du musst einfach mit reinkommen, du kriegst bei uns auch was zu essen. Komm schnell, bevor wir zusammen gesehen werden.« Da mischt sich der dritte Mann ein und sagt:

»Du kannst mich Alex nennen«.

»Gerne«, erwidert Julius.

Dann gehen die Männer zu viert ins Haus.

DIE ZELLE

»Wieso sind die Kapuzenpullover eure Tarnung?«, fragt Julius. Markus runzelt die Stirn.

»Böse gucken, Ketten, Kapuzen und kleine Drogengeschäfte, das alles gehört zu unserer Tarnung.«

»Das verstehe ich nicht«, sagt Julius.

»Wir tun, was von uns erwartet wird. So bleiben wir unauffällig. Wir sind Mülltaucher und versuchen, in dieser Gegend so frei wie möglich zu existieren, was nicht immer leicht ist«, erklärt Markus.

»Das ist nicht so einfach zu verstehen«, fügt Alex hinzu. »Aber darüber reden wir später. Komm erst einmal mit hoch.«

Sie betreten den Flur und steigen die Treppe zur ersten Etage hinauf. Dann klettern sie über einen alten Röhrenfernseher, der auf dem Boden liegt, und stehen vor einer Wohnungstür. Markus schließt auf und sie gelangen durch einen kleinen Korridor ins Wohnzimmer. Im Gegensatz zum Treppenhaus ist die Wohnung sauber und ordentlich. Drei große Bogenfenster mit Blick auf die Häuserfront der anderen Straßenseite werden von bunten Gardinen verhüllt. Vor den Fenstern steht eine mächtige Palme in einem großen Terrakottatopf auf dem Boden. Kunstvoll gefertigter Stuck ziert die hohe Wohnzimmerdecke. Gegenüber den großen Fenstern steht ein gut sortiertes, überwiegend mit Fachbüchern gefülltes Bücherregal, das bis unter die Decke reicht. An der Wand neben den Bogenfenstern befindet sich ein gut erhaltenes Sideboard, darauf eine Vase mit Nelken.

Über dem Sideboard hängt ein großes Bild, gegenstandslose Kunst. Gegenüber befindet sich ein großer Gelsenkirchener Kachelofen mit einer gusseisernen Klappe. In der Mitte des Raumes steht ein großer schwerer Eichenholztisch, an dem drei Frauen sitzen und heftig diskutieren.

»Mann, wen habt ihr denn da aufgelesen, der ist ja halb verhungert!«, unterbricht eine hübsche, junge Frau mit braunen Augen das Gespräch.

»Das ist Julius, wir können ihm vertrauen«, sagt Markus.

»Was willst du essen? Wir haben gerade Äpfel im Angebot«, sagt die zweite, blonde, ebenso attraktive Frau. Die dritte Frau mustert ihn nur, ohne ein Wort zu sagen. Julius bemerkt das Sofa an der Wand; die Anstrengungen der letzten Stunden machen sich bemerkbar.

»Ich würde mich gerne hinsetzen, und einen Apfel essen«, sagt er und humpelt, ohne eine Antwort abzuwarten, über den zerschlissenen Dielenboden, auf dem ein alter, aber gut erhaltener Perserteppich liegt, zu dem Sofa. Er setzt sich mit einem Stöhnen. Die hübsche Türkin geht in die Küche und kommt mit einem roten appetitlichen Apfel zurück, den sie ihm reicht.

»Ich heiße Fatima.«

Markus setzt sich zu den Frauen an den Tisch und wendet sich an Julius:

»Weißt du, wie wir euch nennen?«

Julius schaut ihn fragend an, zieht die Achseln hoch und beißt in den Apfel. Nur mit großer Anstrengung kann er ein Stück abbeißen. Der Apfel ist hart und hat kaum Geschmack. Julius empfindet auch kein Glücksgefühl beim Essen. In der *Neuen Welt* würde er jetzt ein Glücksgefühl erleben, doch hier verspürt er nichts; er empfindet es eher als eine Qual, den Apfel zu essen.

»Zombies«, sagt eine dunkle Stimme. Sie gehört der dritten Frau am Tisch.

»Wir nennen euch Zombies« wiederholt die kräftige, stabile, große Frau. »Du hast wohl vergessen, wie ein richtiger Apfel schmeckt«, fügt sie hinzu.

»Ich glaube, es ist besser, wenn er ein Süppchen kriegt, wir haben noch einen Rest in der Küche. Er kann den Apfel ja noch nicht einmal zerkauen«, bemerkt Fatima.

»Ja, sehr gerne«, stimmt Julius zu.

»O.K.« Fatima geht in die Küche. Julius spürt ein merkwürdiges Gefühl im Bauch, das er plötzlich erkennt. Es ist Hunger.

»Du hast Glück, dass du uns über den Weg gelaufen bist und nicht den anderen Verrückten«, sagt Alex und gesellt sich zu den anderen am Tisch.

»Ja, es ist hier gefährlich geworden, jeder sucht einen Sündenbock für sein Schicksal. Die Gruftis gegen die Zombies, die Nazis gegen alle möglichen Minderheiten, die Minderheiten gegeneinander. Aber auf die Idee, dass wir alle im selben Boot sitzen, kommen die Deppen nicht. Stattdessen bekämpfen sie sich lieber gegenseitig«, schimpft Finn. Fatima kommt vorsichtig mit einem Teller Suppe herein und stellt ihn auf den Tisch. Julius bedankt sich und setzt sich zu den anderen an den großen Tisch. Er freut sich auf die Suppe, aber als er den ersten Löffel voll in den Mund steckt, ist er wieder enttäuscht. Das erwartete bekannte Geschmackserlebnis bleibt auch diesmal aus. Erst nach einigen Löffeln Suppe nimmt er ein angenehmes Bauchgefühl wahr. Er ist so intensiv mit Essen beschäftigt, dass er nicht bemerkt, wie er von allen am Tisch beobachtet wird. Als er aufschaut, lästert die große Frau mit der dunklen Stimme:

»Ich habe noch nie einem Zombie beim Essen zugesehen.«

»Na und ... ich habe noch nie einen Mülltaucher gesehen, was auch immer das sein soll«, entgegnet ihr Julius und glaubt ein leichtes Lächeln im Gesicht der Dunklen zu sehen.

»Wir brechen in den abgeschlossenen Müllbereich ein und klauen die noch brauchbaren Lebensmittel. Wir haben keine Lust auf Überlebenseinheiten oder billige Lebensmittel«, erklärt die dunkle Stimme.

»Und weshalb die Ketten, der böse Blick, die Drogen und so?«, fragt Julius.

»Andersdenkende sind hier nicht sehr beliebt und deswegen verhalten wir uns eben wie eine Straßengang«, erklärt Markus.

»Verstehe ich immer noch nicht«, meint Julius.

»Naja, weil es schnell passieren kann, dass Andersdenkende als Radikale abgestempelt werden, geben wir uns lieber als Kleinkriminelle.«

»Was ist hier eigentlich los?«, fragt Julius.

»Hast du das noch nicht mitbekommen? Warst wohl zu lange in der *Neuen Welt* unterwegs? Fast alle Länder Europas sind pleite. Nahezu alle Ressourcen dieser Erde sind aufgebraucht.«, erklärt Markus. »Wir haben eine globale Wirtschaftskrise«, fügt die dunkle Frauenstimme hinzu.

»Ja, und was heißt das?« fragt Julius nach.

»Mann, du hast wirklich keine Ahnung, was? Wenn wir eine globale Wirtschaftskrise haben, dann haben wir auch eine globale Armut«, erklärt Markus.

»Früher war die Armut in Osteuropa, Asien oder Afrika zuhause. Also da, wo billig produziert werden konnte. Heute ist sie überall, und eben auch hier«, fügt die hübsche blonde Frau hinzu. Julius hat keine Ahnung, was sie ihm hier zu erklären versucht.

»Der Unterschied zu früher ist, dass die heutige Armut modernisiert ist«, erklärt Fatima.

»Mann, wie lange bist du denn jetzt in deiner Fantasiewelt gewesen?«, fragt ihn Alex.

»Ich weiß nicht genau. Vielleicht drei oder vier Jahre«, schätzt Julius.

»Drei oder vier Jahre?«, hakt die blonde Frau erschrocken nach.

»Ich musste mir natürlich alle 14 Tage beim Überlebensamt die Überlebens-Einheitsmarken besorgen, um für die nächsten 14 Tage die Überlebenseinheiten zu bekommen. Jeden dritten Tag musste ich die Einheit wechseln. Anfangs habe ich mich nachts ausgeloggt und in meinem Bett geschlafen. Das war mir aber dann irgendwann zu aufwendig.«

»Du hast in den ganzen Jahren nichts anderes getan als zu schlafen?«, fragt die blonde Frau nach.

»Ich habe meinen Körper mit Pflegepulver behandelt und virtuell meine Wohnung geputzt. Für mich ist dies hier die falsche Welt«, erklärt Julius.

»Dann hast du keine Ahnung, was hier in den letzten Jahren passiert ist?«, fragt die blonde Frau. Bevor Julius antworten kann, ruft die dunkle Stimme:

»Hallo, er ist ein Zombie. Schon vergessen?«

Plötzlich klingelt es an der Tür. Alle außer Julius werden unruhig.

»Was machen wir mit dem Zombie?«, fragt Finn.

»Wir können ihm ja eine Papptüte auf den Kopf setzen«, scherzt die dunkle Stimme mit dem versteinerten Gesicht, in dem ganz deutlich ein kurzes Grinsen zu sehen ist.

»Sehr witzig«, entgegnet Julius.

»Wer kann das sein?«, fragt Finn.

»Jetzt bleibt ruhig, ich schaue nach«, sagt Markus.

»Ich gehe mit«, entscheidet Finn.

Die Männer gehen gemeinsam zur Tür. Einige Minuten später kommt Markus hektisch zurück.

»Es ist Egon, der will Gras kaufen. Finn kann ihn nicht lange aufhalten. Julius – der Typ ist immer online, wegen solcher Typen sind wir so, wie wir sind, also spiele unser Spiel bitte mit. Wir müssen sehr aufpassen. Schnell, schaltet den Fernseher ein und lasst uns ... «

Es klopft an der Tür. Alex schaltet den Fernseher ein. Es läuft gerade eine Dokumentationssendung über ein Team, das eine völlig verdreckte Mietwohnung ausräumt. Julius ist sich nicht sicher, was ihm Markus damit sagen wollte: „Der ist immer online." Er weiß auch nicht, was daran schlimm sein soll. Markus hält kurz Blickkontakt mit Julius und öffnet dann die Tür.

DER CHIP

Vor der Tür steht ein großer, gebräunter Mann. Egon trägt eine elegante Lederjacke, dazu auffällige Sportschuhe und eine grünkarierte Hose zu einem rosafarbenen Hemd.

»Was will denn der Zombie hier?«, erkundigt er sich.

»Guck ihn dir doch an, er will eine Überlebenseinheit kaufen«, erklärt Markus.

»Also, ich hätte gerne ein bisschen Gras. Was kriege ich für, sagen wir, dreißig Überlebenseinheiten?«, möchte der Fremde wissen.

»Wir möchten lieber Lebensmittelkarten«, erwidert Markus.

»Wieso, die Überlebenseinheiten könnt ihr doch direkt an den Zombie weiterverkaufen«, meint Egon.

»Und womit soll der Zombie die bezahlen?«

»O.K. Ich habe keine Lebensmittelkarten, sondern nur Überlebenseinheiten«, sagt Egon, als würde er eine Rolle in einem düsteren Krimi spielen.

»Also gut, fünf Gramm, aber nur für dich«, erwidert Markus, als würde er ihn durchschauen und verkörpere die Rolle des Drogendealers.

»Ich habe gerade nachgeschaut, das ist zu wenig.«

»Wo nachgeschaut?«, mischt sich eine dunkle Stimme in das Gespräch ein.

»Na, auf meinem I-Pam. Ha, ich habe doch das neueste I-Pam integriert, das Ding ist direkt mit meinem Gehirn verbunden«, sagt Egon. Die Frau mit der dunklen Stimme zwinkert Julius zu. Egon merkt es nicht und prahlt:

»Ich bin quasi immer online. Natürlich sind

Navigationssystem und Telefon integriert. Logisch, dass das neuste I-Pam auch an die Empfindungsrezeptoren meines Gehirns angeschlossen ist. Ich kann damit Musik hören und gleichzeitig im Internet surfen, ohne Zusatzgerät. Mein Herzschlag und alle relevanten Biodaten meines Körpers werden ständig überwacht. Bei einer Unregelmäßigkeit oder einem Unfall alarmiert das I-Pam zum Beispiel sofort einen Arzt. Das Ding kann einfach alles«, erklärt Egon begeistert.

»Aber das Gesundheitssystem bricht doch gerade zusammen«, wendet Julius ein.

»Aber doch nicht für mich, du Trottel.«

»Toll ... und wie wird das Gerät gesteuert?«, fragt die Frau mit der dunklen Stimme.

»Durch meine Gedanken. Es ist am Anfang etwas schwierig und es gehört schon eine besondere Intelligenz dazu, doch mein Gehirn ist unglaublich anpassungsfähig und hat es akzeptiert, dass das I-Pam ein fester Bestandteil meines Körpers ist.«

»Woher bekommt das I-Pam denn seine Energie?«, fragt die große Frau.

»Es wird von meinem Blutkreislauf angetrieben und kontrolliert somit auch permanent mein Blut ... warte mal, ich muss mal eben die Musik lauter machen, es läuft nämlich gerade von *Ich und Piss* das neue Lied *Wenn die Liebe dir aus den Augen leuchtet* – aber jetzt zurück zum Geschäft«, sagt Egon. Sein merkwürdiger, verzerrter Gesichtsausdruck sieht ungewollt komisch aus. Er beginnt sich im Takt zu wiegen, swingt zu einer Musik, die nur für ihn hörbar ist. »Also gut, fünf Gramm, aber ihr müsst mit zum Auto kommen. Ich schlepp euch das Zeug nicht auch noch hoch.«

Markus holt eine Dose mit Gras aus dem Schrank und wiegt mit einer Pendelwaage fünf Gramm ab. Dann verstaut er das Gras in einer kleinen Plastiktüte und überreicht sie Egon. Das „Superhirn" steckt sie in die Tasche und swingt elastisch zur Tür hinaus.

»Der Typ ist ja wohl der Hammer«, sagt die blonde Frau. Fatima, die sich in der Küche versteckt hatte, ahmt Egons Bewegungen nach, swingt im Takt zu unhörbarer Musik und sagt:

»Huch, ich muss mal die Musik lauter machen.« Dann lacht sie mit den anderen zusammen. »Diese Arschgeige kommt viel zu billig weg. Bezahlt mit Überlebenseinheiten!« Die Frau mit der dunklen Stimme geht zum Fenster.

»Komm her, Zombie, dann kannst du den armen Idioten mit seinem Auto sehen.«

Julius folgt ihr und bemerkt, dass sie einen guten halben Kopf größer ist als er. Ihre Muskelpakete und Rasta-Locken fallen ihm ins Auge. Er nimmt allen Mut zusammen.

»Ich heiße Julius«, sagt er bestimmt und schaut sie ernst an.

»Entschuldigung, Julius, du kannst mich Mary-Lou nennen«, erwidert sie, reicht ihm die Hand und bleibt vor dem Fenster stehen. Unten steht eine schwarze Limousine mit eingeschaltetem Warnlicht zwischen den Müllbergen auf der Straße.

Ein Chauffeur hilft Markus und Finn, die in Folie eingeschweißten Überlebenseinheiten aus dem Kofferraum zu hieven. Egon ist nicht zu sehen. Markus und Finn verschwinden schwer bepackt aus dem Sichtfeld. Der Chauffeur steigt in die Limousine und rast davon. Fatima schaltet den Fernseher wieder aus.

»Wieso habt ihr den Fernseher eingeschaltet, als der Typ kam?«, fragt Julius.

»Egal, wie arm du bist, Fernsehen kann sich jeder leisten.« Julius schaut Mary-Lou fragend an.

»Wir benutzen den Fernseher wie eine Alarmanlage. Hat sich mal irgendwann so eingebürgert. Wenn Gefahr droht, schalten wir den Fernseher ein«, erklärt Mary-Lou.

»Aber was hat das mit dem Typen von eben zu tun?«

»Der Typ hat doch diesen Chip im Kopf. Alles, was er hier gesprochen, gesehen oder gehört hat, wird gespeichert. Alle Sicherheitsorgane in ganz Deutschland können die Daten abrufen. Ich glaube, das ist dem intelligenten Superhirn gar nicht wirklich bewusst und auch egal«, erklärt Alex, der ins Zimmer getreten ist. »Diese Typen sind permanent online, sie sind gut zu beeinflussen und, ohne es zu wissen, perfekte Drohnen.«

»Eines verstehe ich aber nicht«, sagt Julius. »Wenn dieser Typ immer online ist und die Behörden alles mithören, wie könnt ihr ihm dann Gras verkaufen?«

»Kleinere Geschäfte mit leichten Drogen werden von den Behörden geduldet. Es ist eine Möglichkeit, ein bisschen Geld zu machen. Außerdem glauben wir ... wie soll ich sagen ... es ist unauffälliger vor den Behörden, wenn man das tut, was von einem erwartet wird«, erklärt Fatima. So ganz nachvollziehbar ist die Antwort für Julius nicht, aber er belässt es dabei.

Es scheint so, als sei die ganze Welt verrückt geworden, schießt ihm durch den Kopf. Laut fluchend kommen Markus und Finn durch die Tür.

»Macht hier für fünf Gramm den dicken Mann und dann sind die meisten Überlebenseinheiten abgelaufen«, flucht Finn.

»Der Affe hatte nur keine Lust gehabt, die Dinger zu entsorgen, hat der Chauffeur behauptet«, schimpft Markus und stellt die Einheiten laut hörbar auf dem Tisch. »Wir bekommen schon seit langem keine Lebensmittelkarten mehr zugewiesen und jetzt dreht uns dieses Arschloch abgelaufene Überlebens-Einheiten an. Die können wir nicht weiterverticken!«

»Ihr nehmt sie nicht selber, sondern verschmäht sie?«, fragt Julius nach.

»Ja, und ich hoffe, dass wir sie nie brauchen werden. Aus diesem Grunde sind wir Mülltaucher. Wir lassen uns nicht mit intravenösen Lösungen abspeisen«, erklärt Markus.

»Und wie wollt ihr überleben?«

»Wir kommen ganz gut klar und haben sogar einen kleinen Vorrat an echten Lebensmitteln in der Wohnung über uns«, sagt Markus.

»Hey, Markus! Meinst du es ist klug, dem Zombie alles zu erzählen?«, fragt Finn, der mit seinen 25 Jahren der Jüngste in der Gruppe ist.

»Der Zombie heißt Julius« mischt sich eine dunkle Frauenstimme ein. Markus sieht Finn in die Augen

»O.K.«, sagt Finn und hält Julius die Hand hin. Julius erwidert den Gruß.

»Nachdem Julius in die *Neue Welt* abgetaucht ist, ist viel passiert, aber bis zu diesem Zeitpunkt waren wir sehr gute Freunde«, verteidigt Markus ihn. »Aber erzähl, Julius, wie bist du in diese unmenschliche Lage gekommen? Dich in einen Anzug zu legen und dich jahrelang aus dem Leben auszuklinken?«

»Ich habe lange versucht, ein normales Leben zu führen,

hatte aber keinen Erfolg. In der *Neuen Welt* habe ich eine Perspektive gefunden«, erklärt Julius.

»Solange die Menschen vor oder in den Medien geparkt sind, machen sie keinen Unfug, so wie wir ihn gleich anstellen werden«, schimpft die blonde Frau ein wenig verärgert und fügt hinzu: »Komm, Alex, lass uns auf die Jagd gehen, ich möchte mülltauchen.«

»Ja, lass uns ein wenig Spaß haben und etwas Nützliches tun«, sagt Alex. Markus bittet Julius, ihn zum Lager zu begleiten, und tritt mit Überlebenseinheiten bepackt in den Hausflur. Julius nimmt so viel Überlebenseinheiten, wie er tragen kann, und folgt ihm in die dritte Etage. Als sie vor der Wohnungstür stehen, kommen Mary-Lou und Alex mit den restlichen Überlebenseinheiten und stellen sie vor die Tür. Markus fasst in einen Blumentopf auf der Fensterbank und holt einen Schlüssel aus dem Versteck.

DAS LAGER

»Als wir uns zum letzten Mal gesehen haben, warst du voller Zuversicht und hast an der Uni Architektur studiert«, sagt Julius, während Markus die Tür zum Lager aufschließt.

»Ja, das stimmt. Ich hatte das Studium fast beendet, aber dann ging mir das Geld aus. Daraufhin habe ich in einem Baumarkt in der Werkzeugabteilung gearbeitet, bis der Laden abgebrannt ist. Das einzig Gute an der Uni war, dass ich dort Finn und Mary-Lou kennengelernt habe. Mary-Lou hat einen Abschluss als Oberstufenlehrerin, doch sie hat nie eine Anstellung gefunden.«

Sie betreten das Lager, und Julius staunt über die vielen Lebensmittel. Äpfel, Bananen, Erdbeeren, Salatköpfe, Tomaten, Paprika und Eier liegen sorgfältig gestapelt in einem Regal. Auf einem weiteren Regal in der Ecke stehen Konservendosen. Kartoffeln lagern neben Zwiebeln.

Sie betreten einen Nachbarraum, und Julius traut seinen Augen kaum. Unzählige Überlebenseinheiten stapeln sich bis zur Decke. Julius stellt die Nährlösungen von Egon dazu.

»Komm, ich zeig dir alles«, sagt Markus, und sie betreten ein weiteres Zimmer, in dem eine Kühlbox mit Milch, Jogurt, Käse, Wurst und Fleisch steht. »Strom ist das Einzige, was noch funktioniert. Dank der Umstellung auf erneuerbare Energien ist er im Überfluss vorhanden. Wir brauchen ihn aber auch unbedingt. Wir haben die Solarreflektoren auf den Dächern angezapft und verfügen über Akkus und eine große, gut isolierte Kühlbox. Im Keller haben wir eine Saftpresse, Getränke und unser Weinlager, außerdem einen Generator mit einem großen Dieseltank. Als in den Häusern die Holz- und Kohleöfen abgerissen wurden, um die Heizungen auf Gas umzurüsten, haben wir unsere alten Öfen behalten und in der ganzen Umgebung Holz und Briketts aufgekauft. Wer weiß, wofür es einmal gut ist«, erzählt Markus.

»Ich muss schon sagen, ihr seid gut ausgestattet,« lobt Julius.

»Wir versuchen, so unabhängig wie möglich zu sein. Wir haben ja auch keine andere Wahl.«

»Und was wäre, wenn ihr in eine andere Stadt ziehen würdet?«

»Wo sollen wir denn hin? Die ganze Welt ist doch verrückt geworden. Hier kennen wir uns gut aus, kommen ganz gut klar, und hier leben unsere Freunde. Wir kennen viele andere Cliquen und sind mit ihnen befreundet. Außerdem ist das hier unser Zuhause. Natürlich wird dieser Stadtteil mittlerweile überwiegend von Gangs beherrscht. Wer zu keiner Gang gehört, lebt sehr gefährlich. Man könnte sagen, hier steigt kein Normalo ohne Begleitschutz aus seinem Auto aus. Wer einmal hier gelandet ist, kommt hier auch nicht mehr weg. Also, mein Lieber, willkommen im Slum«, erklärt Markus und öffnet eine weitere Tür. Julius bemerkt sofort den süßlichen Geruch.

»Et voilá – Sesam öffne Dich – willkommen auf unserer Plantage«, präsentiert Markus. Julius blinzelt und traut seinen Augen kaum. Der Raum ist warm und hell erleuchtet. Unzählige, blühende Hanfpflanzen befinden sich darin.

»Jetzt weißt du, weshalb wir den ganzen Strom brauchen. Hier siehst du unsere berauschenden Pflanzenextrakte«, erklärt Markus, schließt die Tür hinter sich und verschwindet dann hinter den mannshohen Pflanzen in die Mitte des Raumes. Julius folgt ihm durch den Dschungel. Auf der anderen Seite des Raumes entdeckt er inmitten der Gewächse eine Sitzecke mit zwei bequemen, ledernen Sesseln. Markus hat in einem davon Platz genommen. Vor ihm steht ein kleiner Couchtisch.

»Das ist aber ein nettes Fleckchen«, sagt Julius.

»Ja, aber ich sitze hier leider nicht mehr so oft«, gesteht Markus.

»Ist das hier moralisch nicht bedenklich?«, möchte Julius wissen und setzt sich in den anderen Sessel.

»Haschischkonsum ist jedenfalls unbedenklicher als Alkohol.«

»Wenn es unbedenklich ist, warum ist es denn nicht legal?«, erkundigt sich Julius.

»Naja, es ist nicht ungefährlich. Es verschiebt die Wahrnehmung und macht unkonzentriert. Labile Menschen können durch den Konsum depressiv werden. Wir verkaufen ausschließlich an Erwachsene, und die meisten davon sind Schmerzpatienten.«

»Die Pharmaindustrie kann es nicht zulassen, dass Schmerzpatienten ihre teuren Schmerzmedikamente selber anpflanzen«, sagt Julius.

»Ja, aber dafür haben sie ja uns.«

Auf dem Couchtisch steht eine Schale mit einigen fertig gedrehten Joints.

»Hier sitzt du also beim Kiffen.«

»Nein, meistens sitzt hier Oma Emma, wenn sie wieder ihre Schübe hat«, erklärt Markus.

»Wer ist Oma Emma?«

»Sie ist eine Schmerzpatientin und wohnt eine Etage höher unter dem Dach.«

»Sie wohnt hier im Haus?«, fragt Julius.

»Ja, sie braucht nur eine Treppe hinunterzugehen.«

»Die alte Dame wohnt also oben und kommt zum Rauchen hierher?«

»Ja, für uns ist das der einzige Ort, an dem wir Haschisch rauchen.«

»Ihr kifft nur hier?«

»Ja, nur hier. Wir hatten es einige Zeit übertrieben, haben uns dann aber letztendlich darauf geeinigt, dass dies der einzige Raum ist, in dem wir eine dampfen wollen. Irgendwann habe ich gemerkt, dass ich mich im nüchternen Zustand gut leiden kann. Bis auf ein paar, ich nenne es *Wellnesswochenenden*, wollen wir das Kiffen stark einschränken. Wir rauchen übrigens auch keine Zigaretten mehr, nur noch unser Gras.«

»Gut zu wissen, jetzt kenne ich eure Regeln.«

»Nein, Regeln sind nur etwas für unmündige Menschen. Für uns gelten Werte. Mut, Ehre, Respekt und verantwortungsvolles Handeln.«

»Ihr erkennt also keine Regeln an?«

»Doch. Wenn Menschen zusammenleben, muss es ein paar grundlegende Richtlinien geben. Moses empfing schon vor über 2.000 Jahren auf dem Berg Sinai das Grundgesetz – die Zehn Gebote. 1948 wurde die Allgemeine Erklärung der Menschenrechte verabschiedet. Wusstest du, dass der zehnte Dezember der Tag der Menschenrechte ist? Ich kann nur jedem, der mündig leben möchte, empfehlen, einmal einen Blick in die Menschenrecht-Charta zu werfen.«

»Du meinst, die Lektüre ist sinnvoll?«, fragt Julius.

»Ja, die meisten Menschen wissen nur, dass es Menschenrechte gibt, ohne sie jedoch wirklich zu kennen. Je mehr Menschen sie aber kennen, desto besser. Sie würden sich wundern, was da so über Arbeit und Würde drinsteht. Zum Beispiel, dass gleiche Arbeit auch mit gleichem Lohn honoriert werden muss. Demnach dürfte es also keine Zeitarbeitsfirmen geben. Aus dem gleichen Grunde verstößt streng genommen auch die Einfuhr von Ware aus Billiglohnländern gegen die Menschenrechte und ist somit eigentlich kriminell.«

»Hm, aber die Politiker thematisieren das nicht«, überlegt Julius. »Dass der Staat unmoralisch handelt, weiß ich. Aber ihr? Handelt ihr moralisch?«

»Nur weil wir nicht immer gesellschaftskonform handeln, heißt das noch lange nicht, dass wir keine Moral haben. Ganz im Gegenteil – wer sich konform verhält, entledigt sich der Verantwortung, indem er sie einfach an die Masse delegiert. Was alle tun, wird schon richtig sein. Ist es aber definitiv nicht, wie die jüngere Geschichte wieder einmal gezeigt hat.«

Markus zündet die Kerze auf dem Couchtisch mit einem Feuerzeug an und nimmt einen Joint aus der Schale. Dann fragt er:

»Wellness-Wochenende?«

Julius hat schon lange keine Dummheit mehr gemacht, aber Lust hätte er schon. »Ich weiß nicht, ob ich das noch vertrage.«

»Wir werden sehen«, sagt Markus und befeuchtet den Rand der Tüte, dann nimmt er die Papierspitze vom Joint ab und zündet ihn an. Nachdem er einen Zug genommen hat, reicht er die Friedenstüte – wie früher zur Schulzeit – an Julius weiter und atmet aus.

»Wir versuchen, so mündig und frei wie möglich zu leben«, schließt er und qualmt dabei aus Mund und Nase. Kurz darauf hat auch Julius einen Zug genommen. Er verspürt jedoch keine Wirkung und nimmt daher noch einen kräftigen Zug. Auch der bleibt wirkungslos. Als sie ein paar Minuten später durch die Pflanzen zum Ausgang gehen, fühlt sich Julius immer noch ganz normal. Der Joint scheint keine Wirkung zu haben.

Sie betreten den Nebenraum und Markus packt ein paar Salate, Zwiebeln und eine Packung mit Chicken Wings in einen Korb.

»Zur Feier des Tages gibt es heute Geflügel«, sagt er.

»Was feiern wir denn heute?«, fragt Julius.

»Dass mein alter Freund aus der Versenkung aufgetaucht ist«, erklärt Markus und klopft Julius freundschaftlich auf die Schulter. Julius lächelt. Als sie in die Küche kommen, spült die blonde, zierliche Frau gerade Geschirr.

»Die andern sind los, Mülltauchen. Wir bereiten heute das Essen«, sagt sie und schaut Julius an. »Ich bin übrigens Jasmin.« Julius reicht ihr die Hand.

»Julius", sagt er und bewundert die große Palme, die im Wohnzimmer vor dem großen Bogenfenster steht. Er hat die Pflanze zwar schon vorher gesehen, aber ihre wahre Schönheit wird ihm erst jetzt bewusst. Er bestaunt die interessante Rindenstruktur des Stamms und den kräftigen Grünton der Blätter.

»Weil mein Freund heute aufgetaucht ist, habe ich mir überlegt, dass wir heute Hähnchenflügel mit Beilagen und

Salat machen. Was hältst du davon?«, fragt Markus.

»Dann sollten wir auch einen leckeren Wein trinken.«, fügt Jasmin hinzu. Julius geht in die Küche und nimmt sich ein Trockentuch vom Haken. »Kann ich helfen?« Ohne eine Antwort abzuwarten, nimmt er einen Teller von der Spüle und trocknet ihn ab.

»Das ist aber lieb«, sagt Jasmin anerkennend.

»Guck mal da«, sagt Markus und deutet aus dem Fenster. Julius schaut hinaus und sieht eine völlig abgemagerte Frau, die auf der anderen Straßenseite entlanggeht. Sie trägt eine Sechserpackung Überlebenseinheiten und taumelt über den Bürgersteig. Ihr Gang ist unbeholfen und ihre Schritte kurz. Sie rudert merkwürdig mit den Armen. Wie ein Zombie, denkt Julius. Wie ich!

»Ich weiß nicht, wie viele es von euch gibt, aber es müssen eine Menge sein. Diese Frau habe ich zum Beispiel noch nie gesehen. Aber es werden weniger«, sagt Markus. Julius sieht ihn fragend an.

»Abends sind hier in letzter Zeit häufiger die schwarzen Autos. Ich glaube, sie fahren abends, um nicht so aufzufallen.« Julius blickt immer noch fragend drein.

»Leichenwagen«, erklärt Markus. Julius schaut mit einem karierten Trockentuch in der Hand ungläubig der Zombie-Frau hinterher.

Plötzlich klopft es an der Eingangstür. Erst dreimal, dann Pause und dann zweimal.

»Oh, Emma«, ruft Jasmin erfreut, geht zur Tür und öffnet sie. Eine alte, krumme Frau in einem abgetragenen Sommerkleid mit einem Krückstock steht draußen und fragt:

»Darf ich reinkommen?«

»Aber Emma! Für dich steht die Tür doch immer offen, das weißt du doch«, ruft Jasmin.

Nachdem Julius das Geschirr sehr gewissenhaft abgetrocknet hat, trottet er ins Wohnzimmer.

OMA EMMA

Oma Emma sagt mit zitteriger Stimme:

»Ihr seid wirklich gute Menschen.« Dann geht sie auf wackeligen Beinen zum Tisch, setzt sich auf einen Stuhl und bemerkt Julius. »Oh, ich sehe, ihr habt Besuch.«

»Das ist Julius, ein alter Bekannter von mir«, erklärt Markus. »Emma – Julius«, macht er die beiden miteinander bekannt.

»Hm... ich habe heute viele ausgehungerte Menschen gesehen, als ich aus dem Fenster geschaut habe. Das letzte Mal, als ich so abgemagerte Körper gesehen habe, da hatten wir Krieg. Ist jetzt wieder Krieg?«, fragt die alte Frau. Markus und Jasmin schauen sich fragend an.

»Nein, Emma, es ist kein Krieg.«, beruhigt sie Jasmin und setzt sich zu ihr an dem Tisch.

»Ja, aber Frieden ist das doch auch nicht, oder?«, beharrt Emma.

»Ja, was heißt denn eigentlich Frieden?«, fragt Fatima und setzt sich zu Emma und Jasmin an den großen Tisch. Markus hat darauf keine Antwort.

Julius mustert den Raum und bemerkt das auffällige Dekor der Tapete, dessen Muster sich immer wiederholt. Er ist von der Farbintensität der Tapete fasziniert. Die Farben haben eine reizvolle Ausstrahlung. Plötzlich bemerkt er, dass seine Gedanken abschweifen, und beschließt, den Anwesenden ein wenig mehr Aufmerksamkeit zu schenken.

»Frieden, äh, heißt doch ... dass eine Gesellschaft gewaltfrei zusammenleben kann«, definiert Fatima stotternd.

»Aber Frieden hat auch etwas mit Gerechtigkeit zu tun«, ergänzt Markus und kommt mit Gläsern und einer Flasche Rotwein zum Tisch. Er setzt sich Julius gegenüber und deutet auf die Flasche. Alle nicken Julius freundlich zu. Er öffnet die Flasche und füllt die Gläser. Markus reicht seinen Freunden den Wein und prostet ihnen zu. »Auf alte, gute Freunde.«

Draußen ist es sternklare Nacht. Jasmin stellt zwei Kerzen auf den Tisch und zündet sie mit einem Streichholz an.

»Wer hat gesagt, dass das Leben gerecht ist? Als ich neun Jahre alt war, habe ich mit eigenen Augen gesehen, wie der dicke Willi auf offener Straße einen Menschen halb totgeschlagen hat, nur weil er den Judenstern am Revers seiner Jacke trug, und niemand hat sich eingemischt. Willi war ein Nazibonze. Er konnte ohne Grund schrecklich wütend werden und unberechenbare Dinge tun.«, erinnert sich Oma Emma. »Es war natürlich auch normal, dass ich ein bisschen Angst vor dem dicken Willi hatte. Aber ich war ja blond und hatte damals lange Zöpfe. Mir hat der dicke Willi immer Bonbons geschenkt. Ihn sah man nur in seinen schicken Uniformen. Willi hatte ein elegantes Haus mit Dienstpersonal und unterhielt gute Kontakte zur Wirtschaft. Als dann der Krieg verloren war, hat der dicke Willi seine deutsche Uniform gegen einen Anzug getauscht und mit den Amis Geschäfte gemacht. Er hat die alten Kontakte aus seiner Vergangenheit genutzt und sich als ehrenwerter Bürger der Bundesrepublik Deutschland am Wiederaufbau beteiligt. Seine Söhne sind alle genauso reich und mächtig geworden wie ihr Vater. Heute mischen sie kräftig in der Politik mit. Sie haben auch seine überhebliche Art übernommen. Der dicke Willi ist nie angeklagt worden. Ist das etwa gerecht?«, fragt die alte Frau.

Julius erkennt plötzlich, dass das Muster überhaupt nicht zusammenpasst, was er sich zuerst nicht erklären kann. Dann wird ihm klar, dass die Tapetenbahnen nicht übereinstimmen. Aber er kann keine Naht erkennen. Es muss einen anderen Grund geben, denkt er.

»Warum hat denn keiner den dicken Willi angeklagt?«, fragt Jasmin nach.

»Oh, wir hatten doch alle Angst. Angst war unser ständiger Begleiter. Außerdem hatte ja jeder sein eigenes Päckchen zu tragen«, erklärt die alte Frau mit dem weißen Haar und trinkt ihr Weinglas in einem Zug leer. »Ich muss schon sagen, ein wirklich leckerer Tropfen.«

»Emma, möchtest du noch etwas trinken?«, fragt Jasmin.

»Ja, ich hätte gerne noch ein Glas Wein. Wisst ihr – ich habe wieder ein Angebot vom Überlebensamt bekommen. Sie bieten mir drei Monate Alpenurlaub mit allen Annehmlichkeiten an.«

»Die hatten bestimmt nicht mehr genug Tapeten und haben deswegen einfach einen Rest genommen«, denkt Julius, als er plötzlich von Markus' wütender Stimme aus seinen Gedanken gerissen wird.

»Oh, wie krank ist das denn?!«

»Ich muss mich danach beim Überlebensamt melden und fahre zum Sonnabend«, berichtet Oma Emma.

»Was für ein Sonnabend?«, fragt Julius verwirrt.

»Mann! Sie soll nach Afrika verschifft werden«, flucht Markus.

»Nach Afrika verschifft werden?«, wiederholt Julius, der immer noch keine einleuchtende Erklärung für das Tapetenmuster gefunden hat und sich fragt, worüber sich Markus so aufregt.

»Ja, die Alten sind für die Volkswirtschaft zu teuer geworden«, erklärt Jasmin.

»Oh, ich habe schon lange das Gefühl in dieser Stadt nicht mehr willkommen zu sein. Es ist doch nur noch ein würdeloses Dahinvegetieren, und deshalb werde ich das Angebot annehmen. Dort wird für mich gesorgt, und ich komme unter Gleichgesinnte«, resümiert Emma.

»Das solltest du dir noch einmal überlegen«, rät Markus.

»Wenn ich mich früher entschlossen hätte, dann wäre ich auf Sardinien gelandet. Aber die Alpen sind auch schön. Vielleicht habe ich ja nächstes Jahr gar keine Wahl mehr«, sagt Oma Emma.

»Aber bei uns bist du doch willkommen«, sagt Jasmin.

»Oh, mein liebes Kindchen, ihr habt doch kaum genug für euch selber, und ich möchte mich nicht an Überlebensinfusionen anschließen lassen. Meine Zeit ist eben abgelaufen«, erklärt Emma. »Da mach dir mal keine Sorgen. Das bisschen, was du zum Leben brauchst, haben wir immer übrig«, beruhigt sie Markus. »Nächste Woche werde ich 107 Jahre alt. Alle meine Freunde sind tot, ich sitze in meiner Bude und bin allein«, erklärt Emma.

Plötzlich klingelt es zweimal lang und zweimal kurz.

»Die sind aber schnell wieder hier«, stellt Markus fest und geht zur Tür. Auf dem Weg zur Tür hört er Mary-Lous Stimme:

»Schnell, Alex ist verletzt!«

Markus reißt die Tür auf und Alex kommt herein. Er hält sich mit dem rechten Arm an Mary-Lous Schulter fest. Sein linker Arm hängt seltsam an ihm herunter. Aus einem Hosenbein tropft Blut. Mary-Lou hilft ihm zur Couch.

Auch ihre Jeans ist jetzt voller Blut. Vorsichtig setzt sich Alex schnaufend hin.

»Was ist denn passiert?«, fragt Markus.

»In der Stadt ist ein Tumult ausgebrochen. Heute ist die Demonstration gegen die Privatisierung der Wasserwerke, und die Sache scheint völlig aus dem Ruder gelaufen zu sein.«

Julius hat schon wieder Unregelmäßigkeiten festgestellt. Nicht nur, dass die Muster nicht passen. Auch die Farben sind unterschiedlich. Die Tapeten an der rechten Wand sind heller als die Tapeten an der linken. Plötzlich erkennt Julius:

»Ich bin ja drauf wie tausend Piraten!«

»Was ist mit Alex passiert?«, fragt Markus.

»Alex ist gestürzt, als ihn ein Polizist mit einem Gummigeschoss erwischt hat. Ich glaube, der Arm ist gebrochen«, vermutet Mary-Lou.

»Lass mich mal sehen«, sagt Emma. »Das haben wir gleich.« Vorsichtig hebt die alte Frau den Arm zur Seite. Alex schreit auf.

»Markus, du musst Alex am Nacken festhalten und bis drei zählen«, sagt Emma.

»Was hast du vor?«, fragt Markus.

»Ich weiß, was ich tue«, beteuert Emma. Markus zählt: »Eins, zwei ...« Dann ist ein Knacken im Schultergelenk zu hören und ein kurzer Schrei.

»So, das war's. Der Arm war nur ausgekugelt. Jetzt zeig mir einmal dein Bein«. Alle schauen Emma erstaunt an.

»Hey, ich bin mein ganzes Berufsleben lang Krankenschwester bei einem Orthopäden gewesen.«

»Emma, du erstaunst mich immer wieder! Es tut zwar

noch ein bisschen weh, aber der unglaubliche Schmerz ist weg. Danke!«

»Wie seid ihr denn in den Tumult geraten?«, fragt Jasmin.

»Obwohl wir weit von der Demo entfernt auf der Jagd waren, hielt vor uns plötzlich ein gepanzertes Kettenfachzeug an und es kamen acht Polizisten auf uns zugestürmt. Wir konnten nur über die Hinterhöfe entkommen und mussten hinten am Nazilager vorbei. Dabei blieb Alex mit seinem Bein in der Befestigungsanlage der Nazis am Stacheldraht hängen. Ich glaube, es waren keine deutschen Polizisten. Es könnten französische Beamte gewesen sein, denn ich glaube, sie sprachen französisch.«

»Sie sahen auch nicht wirklich wie Polizisten aus«, berichtet Alex.

»Was meinst du damit?«, fragt Markus.

»Sie hatten so eine Art Kampfanzug an.«

»Es stand zwar Polizei auf den Uniformen, aber sie sahen wie Soldaten aus«, erklärt Mary-Lou.

»Was hat denn das zu bedeuten?«, fragt Jasmin.

»Ein ausländischer Soldat hat weniger Skrupel, auf Aufständische zu schießen, als ein einheimischer Soldat«, vermutet Emma. Julius bekommt ein beklemmendes Gefühl.

»Ich sollte jetzt nach Hause gehen, bevor es dunkel und zu spät ist«, sagt er.

»Ist zu gefährlich draußen. Ich glaube, du solltest hierbleiben. Was meinst du?«, fragt Markus und dreht sich zu Jasmin um. »Du kannst hier übernachten. Wir haben ein Gästezimmer«.

»Dann bleibe ich gerne«, sagt Julius erleichtert, während er den kunstvollen Schwung von Jasmins Beinen bemerkt.

»Die Wunde muss gereinigt werden, aber womit?«, fragt Emma.

»Wir haben noch ein paar Flaschen Wodka«, schlägt Markus vor.

»Wodka ist gut«.

»Ich glaube, ich kümmere mich endlich um das Abendessen«, beschließt Jasmin und geht in die Küche. Mary-Lou folgt ihr und sagt:

»So schlimm wie heute war es noch nie. Die Polizei hat uns ohne Grund angegriffen.«

Wenig später klingelt es zweimal lang und zweimal kurz. Markus drückt den Knopf für den Türöffner, und Finn und Fatima kommen herein. Finn hat eine kleine Platzwunde über dem Auge, und sein Kapuzenpullover ist voller Blutflecken.

»Überall sind Bullen, die mit Gummigeschossen auf uns geschossen haben. Dann sind wir auf Gruftis gestoßen. Denen muss es echt schlecht gehen, denn sie wollten uns das bisschen Salat aus dem Biomarktcontainer entreißen. Aber wir waren schneller«, berichtet Finn. Jasmin kommt aus der Küche, schaltet den Fernseher ein und stellt den Ton laut. Dann deutet sie auf das Fenster und sagt laut:

»Der neue B M W ist heute aber früh raus.« Alex wirft eine Decke über seine blutverschmierte Hose.

»Und er ist noch schöner als der alte«, antwortet Fatima laut. Alle starren auf den Fernseher. Julius ist sich nicht sicher, was das zu bedeuten hat.

»Nicht direkt hingucken«, flüstert Markus ihm ins Ohr.

»Wo hingucken?«

»Zum Fenster«, flüstert Markus. Julius schaut aus dem Augenwinkel durch das Fenster, doch er kann nichts Auffälliges erkennen. Als sich seine Augen an die Dunkelheit gewöhnt haben, sieht er ein kreisförmiges Objekt von einem Meter Durchmesser vor dem Fenster schweben, an dem sechs Rotoren befestigt sind. Darunter scheint eine drehbare Kamera montiert zu sein. Julius kann ein Mikrofon und andere Messinstrumente erkennen. Das Objekt schwebt lautlos am Fenster vorbei, kommt zurück und schwebt dann schließlich lautlos weiter.

»Was war denn das?«, fragt Julius erstaunt.

»Das war eine Überwachungsdrohne. Die Dinger haben eine Infrarot-Kamera und können sogar durch Wände sehen. So werden Menschen überwacht, die sich nicht freiwillig per Telefon, Handy und Internet überwachen lassen«, erklärt Markus.

»Echt? Ich muss zugeben, dass sich in den paar Jahren, die ich in der *Neuen Welt* zugebracht habe, viel getan hat. Aber die Sache mit dem Fernseher verstehe ich trotzdem nicht. Wieso benutzt ihr den Fernseher als Alarmanlage?«, fragt Julius.

»Das ist nicht so leicht zu erklären. Wir glauben, dass das Fernsehen wie auch die anderen Medien eine lähmende, manipulierende Droge ist, die uns langsam vergiftet, und wir versuchen den Behörden vorzutäuschen, wir seien abhängig davon«, erklärt Mary-Lou.

»Das Fernsehen scheint hier nicht besonders beliebt zu sein«, denkt Julius. Laut sagt er: »Vor der *Neuen Welt* waren der Fernseher und ein bisschen Alkohol meine besten Freunde. Fernsehen hat mir durch die einsamste Zeit geholfen.« Julius kann sich noch gut an die unzähligen Abende erinnern, die er mit seinem besten Freund, dem Fernseher, verbracht hat, um tolle Abenteuer zu erleben. Das war natürlich nicht mit der Neuen Welt zu vergleichen, aber besser als nichts. Man könnte auch sagen, Fernsehen ist zwar nicht so gut wie die *Neue Welt*, aber besser als Radio. Oder Fernsehen... plötzlich hat Julius das Gefühl, zehn Zentimeter über den Boden zu schweben. Außerdem ist Mary-Lous Kopf eindeutig kleiner als vorhin. Julius erkennt, dass ihn die Droge noch voll im Griff hat. Der unscheinbare Joint hatte es doch in sich!

»Eben, Fernsehen ist die Haupt-Freizeitbeschäftigung vieler Menschen. Und es gibt immer mehr Menschen mit viel Freizeit. Natürlich gibt es unzählige spannende Filme und gute Dokus. Aber stell dir einmal vor, die Menschen würden nicht Tag für Tag vor dem Fernseher sitzen, sondern wie früher miteinander reden und sich treffen«, gibt Mary-Lou zu bedenken. Julius weiß nur, dass er vom Fernsehen viele nützliche Verhaltensregeln gelernt hat.

Nicht nur Mary-Lous Kopf hat sich unproportional zur Größe ihres Körpers verändert, bei den anderen ist es ebenso. Es scheint, als würde sich auch der Hall der Stimmen verändern.

»Wir glauben, dass das Fernsehen wie alle Medien ein weit unterschätztes Rauschgift mit manipulierenden, aber belanglosen Inhalten ist. Die Medien bestimmen, was wichtig ist und was nicht. Oder hast du schon einmal, nur ein paar Minuten lang, eine Sendung für die vielen Drogenkranken oder Analphabeten, Alkoholabhängigen oder einsamen Menschen gesehen? Die Liste nützlicher Lehrsendungen ist lang. Aber nein, zur besten Sendezeit gibt es seit Jahrzehnten nur Nachrichten über die Börse«, schimpft Finn. Julius bewundert den Hall in seiner Stimme. Sie hat ein interessantes Volumen, das Julius noch nie zuvor aufgefallen ist. Doch dann begreift er, was Finn gesagt hat. Plötzlich hat er eine Vision. Die Frage ist schon berechtigt, wieso es im Fernsehen noch nie ein paar Minuten Rechtschreibunterricht oder Mathe statt der *Meinzählmännchen* gab, oder vielleicht sogar *mit* den *Meinzählmännchen* zwischen der Werbung. Oder so... so... so könnte man viele gesellschaftliche Probleme lösen. Aber warum und wieso gibt es überhaupt *Meinzählmännchen*?, fragt sich Julius. Und wieso gibt es überhaupt das Fernsehen? Aber die entscheidende Frage müsste doch lauten: Wieso gibt es das Universum und wer ist Gott...?

»Warum sind die meisten Programme in einer Gesellschaft, in der es nichts umsonst gibt, eigentlich kostenfrei?«, fragt Fatima. Julius will antworten, verwirft aber seine Antwort wieder, denn wem gehört der Inhalt der Programme? Das liegt klar auf der Hand. Aber was soll daran so wichtig sein und wieso regen sich hier alle so darüber auf? Ist das nicht ganz egal?

»Man könnte sagen, Fernsehen ist eine Fluchtmöglichkeit für Menschen ohne Zukunftsperspektive, vielleicht ähnlich wie die *Neue Welt*«, erklärt Markus. Aber was soll daran schlecht sein? Julius fällt nur ein Satz ein, der zu allem passt:

»Hey, du siehst das alles zu verkniffen.«

Alle schauen ihn fragend an. Plötzlich ertönt eine Stimme wie die eines Geistlichen, der in seinem schönsten Sprechgesang verkündet:

»Die Medien sind alle böse. Rettet die Wale.« Die Stimme kommt aus Fatimas Mund, die jetzt mit erhobenen Armen im Raum umherläuft, ein schelmisches Grinsen zeigt und lacht.

»Also gut, jetzt ist es genug mit dem traurigen Thema Medien. Denn es gibt noch etwas, worüber ich mit euch reden möchte«, sagt Jasmin.

»Ach ja. Das Schlimmste wisst ihr noch gar nicht«, sagt Markus und schaut zu Oma Emma hinüber.

»Was ist mit Oma?«, fragt Fatima nach. Niemand sagt ein Wort, alle sehen die alte Frau fragend an.

»Oh, ist doch nicht so wichtig«, beginnt Oma Emma und nimmt einen großen Schluck aus dem Weinglas.

»Oma will den Sonnabend«, petzt Markus.

»Den Sonnabend«, wiederholt die Männerstimme vom Sofa.

»Das kann ja wohl nicht wahr sein«, schimpft Fatima.

»Was ist das denn nur für eine Welt geworden«, flucht Mary-Lou, die gerade mit einer Schüssel Salat aus der Küche kommt und sie nun scheppernd auf den Tisch stellt.

»Ist noch Wein da?«, fragt Emma.

»Emma!«, sagt Jasmin gespielt vorwurfsvoll und stellt zwei weitere Flaschen Wein auf den Tisch.

»Hm, ein leckerer Weißburgunder, wo habt ihr denn solch ein edles Tröpfchen her?«, fragt Emma.

»Organisiert«, erklärt Alex und lächelt.

»Organisiert«, wiederholt Julius grinsend.

»Ja dann... auf dass bessere Tage kommen«, sagt Markus.

»Und dein Entschluss steht wirklich fest?«, fragt Alex.

»Hm... noch bin ich ja nicht weg«, stammelt Emma.

»Du weißt aber schon, was das bedeutet?«, fragt Markus.

»Die schreiben hier, dass es sich um ein Versuchsobjekt handelt und die ersten Teilnehmer sich ihr Zimmer aussuchen können. Es soll in der Anlage einen Swimmingpool und andere Annehmlichkeiten geben«, erklärt Oma Emma. Jasmin kommt mit den Hühnerflügeln und dem Gemüse aus der Küche und setzt sich dazu. Auch Alex quält sich vom Sofa und begibt sich zum Tisch. Markus erhebt das Glas und prostet den anderen zu.

»Auf die Revolution!«

Die anderen erheben das Glas und murmeln etwas, das sich ähnlich anhört. Fatima verteilt die Speisen. Es riecht lecker und sie beginnen zu essen. Julius muss zugeben, dass ihm das Essen schmeckt. Plötzlich wird ihm bewusst, dass er schon lange nichts mehr geschmeckt hat.

»Es geht nur um Gewinnoptimierung, und deswegen bleibt die Menschlichkeit auf der Strecke«, flucht Finn und wirft die Hühnerknochen auf den dafür vorgesehenen Teller. Im Fernsehen laufen gerade Nachrichten, und die Sprecherin berichtet über die Aufstände in Gelsenkirchen. Die Polizei soll angegriffen worden sein, und man müsse jetzt mit aller Härte gegen die Aufständischen vorgehen. Es könne nicht sein, dass einige gefährliche kriminelle Zellen sich ungehindert ausbreiteten und die Demokratie gefährdeten. Dann meldet die Nachrichtensprecherin, es seien schadhafte Hodenimplantate im Umlauf und es könnten Schadensersatzansprüche von über 30.000 Euro geltend gemacht werden.

»Die Implantate...«

In dieser Sekunde schaltet Fatima den Fernseher aus.

»Habe ich Hodenimplantate gehört? Aber welcher Hund ist denn 30.000 Euro wert?«, fragt Oma Emma.

»Mann, Oma Emma, in Los Angeles gab es schon 2010 Tierärzte, die sich mit künstlichen dicken Eiern für Hunde eine goldene Nase verdienten. Diese Mode ist schon vor Jahrzehnten zu uns herübergeschwappt. Nein, jetzt geht es um Männereier«, erklärt Markus.

»Du meinst, dass es Männer gibt, die sich aus optischen Gründen dickere Hoden einbauen lassen?«, fragt Fatima.

»Äh, wo gibt es denn hier Hunde mit dicken Eiern zu sehen?«, fragt Emma.

»Also, in Düsseldorf gibt es Tierärzte, die sich auf solche Operationen spezialisiert haben. Ich glaube, auf der Promenade ist die Wahrscheinlichkeit ziemlich groß, ein solches Tier zu sehen«, vermutet Jasmin.

»Wie viele Männer wollen denn so etwas, und wer operiert so etwas?«, kommt Fatima auf ihre Frage zurück.

»Es gibt eben Männer, die haben kleine Klöten«, scherzt Finn grinsend.

»Keine Ahnung, aber wenn sie schon im Fernsehen darüber berichten, scheint das eine neue Mode zu sein«, vermutet Markus.

»Die Welt ist wirklich verrückt geworden«, begreift Julius.

Oma Emma, die mittlerweile rötliche Wangen hat, erhebt das Glas.

»Wenn ich schon nicht mehr lange zu leben habe und wahrscheinlich keine dicken Männereier mehr zu Gesicht bekommen werde, dann möchte ich wenigstens die Hunde mit den dicken Eiern sehen. Das wäre doch wirklich noch ein Abenteuer«, wünscht sich die alte Frau und kippelt mit angestrengtem Gesichtsausdruck mit ihrem Stuhl wie ein Schulkind.

»Wir haben schon lange keinen Ausflug mehr gemacht«, stellt Jasmin fest.

»Stimmt. Aber im Augenblick sind die Straßen hier nicht sicher«, überlegt Mary-Lou.

»Wir müssten genug Prepaidkarten für Zugfahrkarten haben«, schätzt Markus.

»Ist Omas Wunsch... und einmal etwas anderes«, sagt Alex.

»Mmh, nach Düsseldorf zu fahren, nur um ein paar vergrößerte Hunde-Eier zu sehen, ist bekloppt... aber gefällt mir«, meint Fatima.

»Und was ist mit dir, Julius?«, fragt Markus.

»Ach, ich kann nicht, außerdem würdet ihr mit mir nur auffallen. Ich muss wieder in mein altes neues Leben zurück.«

»Wir holen uns die Zugfahrkarten und fahren mit der Bimmelbahn nach Düsseldorf. Komm, das wird lustig!«, lässt Markus nicht locker. Julius steht auf und geht zum Fenster. Als er durch die Scheibe blickt, sieht er einen schwarzen Leichenwagen vorbeifahren. Markus ist ihm zum Fenster gefolgt.

»Da holen sie wieder so einen armen Teufel ab.«, sagt er. »Ich habe einen Bekannten, der auch in der Neuen Welt lebt und hier in der Gegend wohnt. Ich habe ihn in der Neuen Welt schon lange nicht mehr aktiv gesehen und würde gerne herausfinden, was mit ihm passiert ist. Außerdem muss ich nach Hause, das Klo sichern, die Ratten beseitigen und mich mindestens kurz in meiner Welt blicken lassen, damit meine Freunde dort sich keine Sorgen machen.«

»Wenn wir dich morgen begleiten, können wir das Klo zusammen rattenfest machen, wir haben uns schon vor einiger Zeit Kloratten-Sicherungen besorgt«, sagt Mary-Lou. »Dann kannst du übermorgen mit uns kommen.«

»Ach, ich weiß nicht, äh...« stammelt Julius und schaut Markus und Mary-Lou direkt an. Beide nicken ihm zu. »O.K.... dann komme ich mit. Ich bin aber nicht gut zu Fuß.«

»Dann ist es also beschlossen«, sagt die noch immer mit dem Stuhl kippelnde Emma mit erhobenem Glas. Plötzlich verliert sie das Gleichgewicht und kippt mit dem Stuhl nach hinten. Alex versucht sie noch aufzufangen, aber es ist zu spät. Oma Emma fällt rückwärts auf den Boden und sagt kichernd mit dem leeren Weinglas in der Hand:

»Zum Glück war das Glas schon leer.«

DER MORGEN

Als Julius am nächsten Morgen aufwacht, weiß er nicht, wo er sich befindet. Er liegt in einem großen weichen Bett mit Blümchen-Bettwäsche. Durch ein großes Bogenfenster scheint die Sonne herein, und der Raum ist hell erleuchtet. Über ihm hängt ein altes Gemälde mit einer Jagdszene. Vor der gemusterten Tapete steht ein gut erhaltener Kleiderschrank aus dem 19. Jahrhundert. Bett und Nachttisch sind aus demselben Jahrhundert und in einem perfekten Zustand. Hinter einer kleinen Nische befindet sich, wie früher üblich, ein kleines Waschbecken. Julius hat schon lange nicht mehr in einem richtigen Bett geschlafen und beschließt, es künftig wieder öfter zu tun. Schon lange hat er sich nicht mehr so ausgeruht gefühlt. Aus dem Nachbarraum hört er Stimmen. Langsam beginnt er sich daran zu erinnern, was passiert ist. Als er sich an dem kleinen Waschbecken wäscht, hört er Fatimas Stimme leise durch die Tür. Sie sagt, dass die Glaubenskriege und die meisten Unruhen auf der Welt in Wirklichkeit Wirtschaftskriege sind und dass das eigentlich immer alle gewusst haben. Die Verantwortlichen lebten aber zu weit von der Realität entfernt, um überhaupt noch richtig handeln zu können. »Oh, Fatima ist wieder im Thema«, denkt Julius.

Als er das Wohnzimmer betritt, sitzen Markus, Jasmin und Fatima am Tisch. Es riecht nach frischen Brötchen und Kaffee. Auf dem Tisch befinden sich Tomaten, Gurken, Oliven, Butter, Wurst, Käse und Milch… einen so üppig gedeckten Tisch hat Julius in der realen Welt lange nicht mehr gesehen.

»Guten Morgen! Na, gut geschlafen?«, fragt Jasmin.

»Danke, ich habe schon lange nicht mehr so gut geschlafen.« »Komm, setz dich zu uns. Ich hab dir einen Teller hingestellt«, fordert ihn Jasmin mit einem Lächeln im Gesicht auf.

»Dass Oma Emma den Sonnabend will, nimmt uns alle mit«, erklärt Markus. Alex und Mary-Lou kommen ins Zimmer.

»Moin«, murmeln sie und setzen sich an den Tisch.

»Ach, ich werde noch einmal mit Oma Emma reden«, sagt Fatima. Julius entdeckt die Broschüre, die Oma Emma am Vorabend liegen gelassen hat. Er schaut sich den Flyer genauer an, informiert sich über die Erholungsanlage Sonnabend und betrachtet die ansprechenden Fotos. Ihm ist nicht ganz klar, warum sich hier alle so aufregen. Er wäre so gerne einmal nach Afrika gereist.

»Aber sieht im Prospekt doch gar nicht so schlecht aus«, wirft er in die Runde.

»Julius, die wollen irgendwo in der Wüste fernab der Zivilisation eine gigantische Anlage bauen, in der unsere Alten bis zu ihrem Tod geparkt werden«, erklärt Markus.

»Das ist dann eine Aufbewahrungsstelle für nicht gewinnbringendes Lebendmaterial«, fügt Fatima übertrieben hinzu.

»Du hast vergessen, zu erwähnen, dass diese, ich nenne sie einmal Lager, superwirtschaftlich geführt werden müssen«, fügt Jasmin hinzu.

»Wir müssen alles tun, um Oma Emma umzustimmen«, sagt Fatima.

»Und darum fahren wir morgen nach Düsseldorf und

gucken uns die dicken Eier an«, erklärt Mary-Lou und schmiert sich dick Butter auf ihr Brötchen.

Nachdem sie fertig gegessen haben, machen sich Mary-Lou und Julius auf den Weg, um Julius' alten Freund Arthur ganz in der Nähe in der realen Welt zu besuchen.

DER REALE MANN

An diesem schönen Herbsttag gehen Julius und Mary-Lou die Straße entlang. Sie wollen Arthur besuchen, den Julius in der *Neuen Welt* in letzter Zeit nur noch im Schaukelstuhl gesehen hat. Normalerweise kennen sich die Teilnehmer der *Neuen Welt* im realen Leben nicht, aber Arthur und Julius gehörten zu den ersten, die sich einloggen durften, und so gelangten sie zufällig zusammen in die gleiche *Neue Welt*.

Mary-Lou und Julius befinden sich jetzt im Gebiet der Russen. Markus hat sie vor den Russen gewarnt, denn sie gelten hier als sehr gewaltbereit. Aber in Gegenwart von Mary-Lou fühlt Julius sich sogar in dieser Gegend sicher. Außerdem könnte hier die Polizei unterwegs sein. Oft versperrt stinkender Abfall den Weg. Julius beobachtet, wie sich der Müll wie von Geisterhand bewegt. Sobald sie aber in unmittelbare Nähe des lebendigen Abfalls kommen, ist entweder alles still oder kleine pelzige Tiere mit einem nackten langen Schwanz huschen davon. Diese kleinen Nager sind überall zu beobachten.

»Du musst durch den Mund atmen, dann kannst du den Gestank besser ertragen«, sagt Mary-Lou. Als sie in die nächste Straße einbiegen, kommt ihnen eine alte Frau mit langen, gepflegten, weißen Haaren entgegen. Sie schleppt einen Stoffsack, aus dem eine Überlebenseinheit herausragt. Julius fallen die abgetragenen Sportschuhe auf, aus denen der dicke Zeh der Frau hervorschaut. Sie trägt einen verschlissenen Sommermantel über einem geflickten, verwaschenen Kleid. Langsam geht sie mit einem Krückstock vorbei und grüßt freundlich, und Julius bemerkt, dass sie nur noch einen einzigen Zahn im Mund hat.

Der Stuck an den Fassaden der Häuser ist längst abgebröckelt. Die prunkvollen Gebäude, einst im „Gelsenkirchener Barock" errichtet, sind grau und rissig geworden. Obwohl Julius in der Gegend aufgewachsen ist, muss er mit Erschrecken feststellen, dass er sich in dieser gespenstischen Umgebung extrem unwohl fühlt. Es ist nicht nur so, dass der Glanz der Häuser für immer verflogen ist – es gibt auch kein Leben mehr in den Straßen. Plötzlich spürt er Mary-Lous kräftige Hand an seiner Schulter, die ihn zurückhält.

»Du musst aufpassen, wo du hintrittst«, sagt Mary-Lou. Als Julius vor sich schaut, erblickt er einen offenen Gully, in den er fast hineingestürzt wäre, wenn ihn Mary-Lou nicht zurückgehalten hätte.

»Wer macht denn sowas?«, fragt Julius entsetzt.

»Die Armut. Für jeden Gullydeckel gibt es zumindest den Schrottpreis«, erklärt ihm seine attraktive Begleiterin.

Endlich haben sie Arthurs Haus in Gelsenkirchen-Schalke erreicht und stehen vor der Hausnummer 23. Müll versperrt die Eingangstür. Kein Schaukelstuhl, nirgends. Denn er existierte nur in der Neuen Welt.

»Durch diese Tür ist schon lange niemand mehr gegangen«, bemerkt Mary-Lou. Julius sucht nach der Klingel, aber stattdessen ragen nur Dräthe aus der Wand. Vorsichtig klettert er auf den Müllberg und drückt gegen die Eingangstür, die ohne viel Widerstand aufspringt. Ein muffiger, fauliger Mief, der den permanenten Gestank des Mülls vor der Tür überlagert, kommt Julius entgegen. Vorsichtig steigt er in den Hausflur, gefolgt von Mary-Lou.

»Wir müssen in die zweite Etage«, erklärt er. Als sie schließlich vor der Tür des alten Freundes stehen, überkommt Julius ein mulmiges Gefühl. Er klopft an. Nichts.

»O.K., wahrscheinlich ist er online.«

»Wie? Das war es?«, fragt Mary-Lou.

»Er macht doch nicht auf«, meint Julius und klopft noch einmal lauter.

»Hallo!« Keine Reaktion.

»Da ist doch was faul«, vermutet Mary-Lou. Plötzlich bricht die Tür aus den Angeln und fällt krachend in die Wohnung. Eine Staubwolke wirbelt ihnen entgegen. Mary-Lou hat mit nur einem Tritt die Tür mitsamt Futter aus der Verankerung getreten. »Ich habe nur leicht ein bisschen gegen die Tür gedrückt«, sagt sie unschuldig und grinst. Die Luft im Raum ist voller kleiner Insekten, die ihnen jetzt entgegenfliegen. Julius macht einen Schritt zurück und Mary-Lou hält sich einen Ärmel ihres Kapuzenpullovers vor den Mund. Julius, der den Mund wegen des Gestankes offen stehen hat, hält sich – inspiriert von Mary-Lou – ebenfalls schnell einen Ärmel vor den Mund, muss aber trotzdem würgen. Der Geruch ist unerträglich. Während Mary-Lou sich vorsichtig durch den Müll ins Innere der Wohnung begibt, braucht Julius noch ein paar Sekunden, um sich an den Geruch zu gewöhnen. Als er wenig später durch die Wohnung geht, steht Mary-Lou schon im Bad und schaut auf die Liege:

»Armer Teufel ... tut mir leid für deinen Kumpel Arthur.«

»Ist er tot?«, fragt Julius leise, so als wollte er Arthur nicht aufwecken.

»Der ist schon lange tot. Ist kein schöner Anblick, die Ratten haben ihn schon angeknabbert.«

»Ach du meine Güte, die sind noch dabei!« Als Julius näherkommt, sieht er, dass sich der Körper seines alten Bekannten bewegt. Durch das kleine, schmutzige Fenster scheint diffus die Sonne herein und beleuchtet schemenhaft den Toten. Die Insekten schwirren umher.

»Iiiiih ...du hast Recht«, schreit Mary-Lou und tritt einen Schritt zurück. Eine Ratte hat sich ins Innere des Toten gefressen und bewegt seinen Anzug so, als wäre noch Leben in ihm.

»Seine Überlebenseinheit war verbraucht, und er ist verhungert. Normalerweise hätte sich das Gerät von selbst abschalten müssen. Ja, es hätte sich von selbst abstellen müssen«, wiederholt Julius.

»Hat es aber nicht«, bemerkt Mary-Lou.

»Dann muss es kaputt sein. Es hieß immer, so etwas sei unmöglich«, murmelt Julius und hält sich die Nase zu. »Komm, Mary-Lou, hier können wir nichts mehr tun. Wieder einer weniger.« Sie gehen schweigend aus dem Haus auf die Straße. »Danke, Mary-Lou, dass du mitgekommen bist. Jetzt habe ich Gewissheit, dass mein Kumpel tot ist, und weiß, warum er mich in der Neuen Welt nicht mehr gegrüßt hat.«

»Ich werde den Behörden eine verschlüsselte Info schicken, damit sie ihn abholen kommen«, sagt Mary-Lou. »Dann fährt demnächst ein weiterer schwarzer Wagen durch die Nacht.«

DIE RATTEN

Ohne ein Wort zu sagen, gehen sie durch die Straßen. Nach einigen Minuten stehen sie vor dem Haus, in dem sich Julius' Wohnung befindet. Er schließt die Tür auf und sie betreten das Treppenhaus und klettern über das Sofa, das dort aufgestellt wurde. Dann stehen sie vor Julius' Wohnungstür.

»Bitte nicht leicht dagegen drücken«, bittet Julius Mary-Lou.

»Oh, schade«, schmunzelt sie. Wenig später hat Julius die Tür aufgeschlossen und schiebt sie auf. Nur Sekunden später laufen zwei Ratten heraus. Blitzschnell huschen die Tiere mit den unbehaarten langen Schwänzen über Julius' und Mary-Lous Schuhe in den Flur und verschwinden im herumliegenden Müll.

Sie betreten die Einraumwohnung mit Bad. Der Wohnraum scheint rattenfrei zu sein, aber im Bad sitzt eine fette Ratte in der Ecke und schaut sie mit ihren kleinen schwarzen Augen an. Das Badezimmer ist klein und verbaut. Die sperrige Einheit mit dem Liegeplatz über der Toilette, die Konsole und die Ausrüstung, um in die *Neue Welt* zu gelangen, stehen im Weg. Als Mary-Lou einen Schritt ins Bad macht, springt ihr plötzlich eine Ratte aus dem Spülstein ins Gesicht. Das dicke Tier in der Ecke hat ihre gesamte Aufmerksamkeit auf sich gezogen, so dass sie die Ratte im Spülstein nicht entdeckt haben. Julius stockt der Atem. Bevor das Tier sie erreicht hat, fängt Mary-Lou es mit der rechten Hand. Die Ratte zappelt hin und her, doch Mary-Lou hält sie fest. Die Ratte windet sich und versucht sie in die Hand zu beißen, doch sie kommt nicht weit genug herum. Dann schreit die Ratte, ein schriller, lauter Ton.

»Ein Schrei der Verzweiflung«, denkt Julius. Nun rennt die fette Ratte aus der Ecke auf Mary-Lou zu und setzt zum Sprung an. Doch Mary-Lou reagiert blitzschnell und fängt sie mit der linken Hand. Julius pocht das Herz. »Wenn jetzt noch eine weitere Ratte ins Bad kommt, wird es eng«, denkt er. Mary-Lou hält jetzt in beiden Händen je eine zappelnde, wütende Ratte und hat beide fest im Griff.

»Das war ein großer Fehler«, sagt sie und hält sich die Ratten wenige Zentimeter vors Gesicht. Jetzt schreien beide Ratten schrill auf. Dann sind zwei knackende Geräusche zu hören. Stille. Die Jägerin hat die Ratten mit bloßen Händen zerquetscht. Julius steht mit offenem Mund fassungslos im Flur. Mary-Lou öffnet das Fenster und wirft die Ratten auf die Straße.

»So. Problem erkannt, Gefahr gebannt. Es sind keine Ratten mehr da«, sagt sie, während sie sich am Spülstein die Hände wäscht. Julius bemerkt, dass sein Mund immer noch offen steht, und schließt ihn schnell.

»Das war wirklich beeindruckend«, murmelt er leise und schaut Mary-Lou bewundernd an.

»Was ist? Wir lassen uns doch nicht von solch kleinen Tierchen ärgern, oder?«

»Öh... nein... lassen wir nicht«, stammelt Julius.

»So, das ist also dein Anzug, der dich in die *Neue Welt* bringt?«, fragt Mary-Lou und sieht sich das gummiartige Ding genauer an.

»Ja, das ist mein Leben«, bestätigt Julius.

»Und wenn du nicht wieder in diesen Anzug steigst?«,

hakt Mary-Lou nach.

»Dann ist alles, was ich in der *Neuen Welt* aufgebaut habe, sinnlos gewesen.«

»Aber du kannst dich doch auch später wieder einloggen, oder?«

»Als ich die *Neue Welt* verlassen musste, weil mich die Ratte angefallen hatte, stand viel auf dem Spiel. Ich hoffe, dass meine Crew die richtigen Entscheidungen getroffen hat. Ansonsten ist es möglich, dass ich alles verloren habe«, sagt Julius.

»Was meinst du damit?«, fragt Mary-Lou.

»Es ist so: Jeder, der in der *Neuen Welt* anfängt, bekommt einen Edelstein und einen Flug zu einem Ort seiner Wahl. Also: Du landest irgendwo und dann musst du dir dein Leben aufbauen. Du musst dir also gut überlegen, wofür du deinen Edelstein eintauschst. Du kannst sterben oder deinen gesamten Besitz durch Fehlentscheidungen verlieren«, erklärt Julius.

»Du kannst also immer wieder von vorne anfangen?«

»Ja. Im Gegensatz zur realen Welt gibt es in der *Neuen Welt* immer eine Chance, sich wieder eine Zukunft aufzubauen. Alles, was du zum Leben benötigst, findest du in der Natur. Du kannst also umherwandern und findest immer Nahrung, eine Schlafmöglichkeit oder zum Beispiel einen Heiler. Falls du aber stirbst, musst du in einer anderen Welt mit einer anderen Identität neu anfangen.«

»Aber es ist doch nur eine Illusion!«

»Ich habe ein halbes Leben für eine Zukunftsperspektive gekämpft. Mit Hilfe dieses Anzuges kann ich ein spannendes, würdevolles Leben führen«, sagt Julius.

»Aha … ein würdevolles Leben«, wiederholt Mary-Lou.

»Also, *die* Welt ist wirklich krank«, fügt sie hinzu.

»Ich habe diese Welt nicht gemacht, ich muss aber darin leben«, rechtfertigt sich Julius.

»Nun gut«. Julius nimmt die Rattensicherung und klemmt sie in die Toilettenschüssel.

»Aber morgen mache ich einmal einen Ausflug ins richtige Leben«, sagt er.

»Das ist sehr gut. Um nicht so sehr aufzufallen, sollten wir uns ein bisschen elegant kleiden. Hast du elegante Kleidung?«, fragt Mary-Lou.

»Kein Problem, ich habe noch einen anderen Anzug.«

»Na, da bin ich ja gespannt. Also, wir sehen uns morgen früh. Du kommst jetzt klar?«, fragt Mary-Lou.

»Ich komme morgen früh zu euch.«

»Ach, und vergiss deine Sonnenbrille nicht. Du hast doch eine Sonnenbrille?«, fragt Mary-Lou.

»Ja, habe ich. Also bis morgen.« Julius begleitet Mary-Lou bis zur Tür, schaut ihr nach und ruft:

»Pass auf dich auf.«

»Klar«, sagt Mary-Lou und verschwindet.

Julius geht zum Fenster und schaut ihr nach, bis sie nicht mehr zu sehen ist. Er geht ins Bad, reinigt den Anzug und pudert sich ein. Dann hängt er eine neue Überlebenseinheit an den Ständer. Er schließt den Venenkatheter an den Port an, der in seiner Leiste installiert ist, und steckt den gereinigten Kathether in die Harnröhre, um den Urin abzuleiten. Dann klettert er in den Anzug, auf dem in gleichmäßigem Abstand Anschlussbuchsen für Sensoren verteilt sind, um alle Sinne des menschlichen Körpers zu stimulieren. Die Glasfaserkabel sind farbig markiert und enden im System der *Neuen Welt.* Vorsichtig setzt er die Maske auf und geht mit den Augen auf den Button „einloggen".

DER WÜSTENPLANET

Als Legolas die Augen öffnet, liegt er in seiner Koje. Leonardo und Hermine müssen ihn hierhergetragen haben. Legolas bemerkt sofort, dass sie nicht fliegen. Mit einem Satz springt er aus der Koje und geht zur Tür. Er fühlt sich wieder stark und unbesiegbar, als könnte er Bäume ausreißen. »Es ist schön, wieder zu Hause zu sein«, denkt er. Er verlässt seine Kabine und geht den Flur entlang zur Brücke. Die Brücke ist leer und durch die stark verdunkelten Scheiben kann Legolas erkennen, dass sie in einer Sandwüste gelandet sind. Bis zum Horizont sind nur Sandberge zu sehen. Der Captain setzt sich auf seinen Platz und checkt die Systeme. Bis auf das leise Surren der Gebläse für die Lebenserhaltung ist es still. Die Energieblase ist kontrolliert heruntergefahren und gesichert. Der Antrieb des Raumschiffes ist offline. Legolas fällt ein Stein vom Herzen. »Eine gute Crew ist eben das A und O«, denkt er.

»Hallo, ihr beiden, wo seid ihr?«, fragt Legolas ins Mikrofon. Aber es kommt keine Antwort. Als er die Umgebung scannt, kann er hinter dem Raumgleiter eine kleine Ortschaft ausmachen. Laut Navigationsprotokoll sind sie auf einem der drei Monde von Alpha drei gelandet. Legolas schwenkt die Außenkamera nach hinten und erblickt eine kleine Wüstenstadt. Doch weder Leonardo noch Hermine sind zu sehen. Dann checkt er die Umweltbedingungen draußen. Laut Anzeige ist die Luft zum Atmen geeignet, und es ist trocken und sehr heiß. Legolas betritt durch die Schiebetür den Aufzug und fährt in den Laderaum hinunter. Die Laderampe ist geschlossen, er öffnet sie und geht nach draußen. Heiße, trockene Luft schlägt ihm entgegen, und die grelle Sonne scheint ihm ins Gesicht. Er muss blinzeln. Aber weder die Hitze noch die Sonne können ihm etwas anhaben. Er fühlt sich stark und sicher. Nachdem er die Laderampe geschlossen und gesichert hat, macht er sich auf den Weg zur kleinen Ansiedlung. Obwohl es mühselig ist, durch den Sand zu gehen, kommt er gut voran. Im Sand befinden sich merkwürdige, ungewöhnlich spitze Sandhaufen. Legolas achtet jedoch nicht weiter auf sie, sondern geht zielgerichtet auf die Ansiedlung zu.

Der kleine Ort ist mit einem anderthalb Meter hohen Wall gesichert, in dem sich ein Holztor befindet. Nachdem Legolas hindurchgegangen ist, schließt es sich selbständig wieder. Als er die ersten Häuser erreicht, ist unter dem Sand ein befestigter Untergrund zu spüren. Die kleinen Häuser haben eine Form wie ein Iglu mit kleinen ovalen Fenstern und Türen. Bis jetzt hat Legolas noch keinen Einheimischen entdeckt. Weiter im Inneren der Wüstenansiedlung werden die Häuser luxuriöser und der Steinboden unter dem Sand ist deutlich zu erkennen. Als ihm ein paar Männer mit weißem Turban entgegenkommen, beschließt Legolas, sich erst einmal unauffällig zu verhalten. Schweigend gehen die Männer an ihm vorbei. Er gelangt zu einem Marktplatz mit unzähligen Menschen und Händlern. Auf einer Bühne stehen einige Musiker, die auf merkwürdigen Instrumenten eine minimalistische Musik spielen. Einer von ihnen spielt auf einer Säge Geige. Das Musikinstrument gibt einen heulenden Ton von sich. Ein weiterer Musiker schlägt mit einem Stock auf einer Kuhglocke den Takt. Doch die Musik wird von dem Stimmengewirr des Markttreibens überdeckt. Legolas entdeckt einen Händler, der Sonnenbrillen verkauft, geht zu seinem Stand und sieht sich die Sonnenbrillen genauer an.

»Was soll diese Brille kosten?«

»Diese wunderschöne Sonnenbrille können Sie für drei Taler bekommen und kriegen sogar die Gläser umsonst«, bewirbt der Mann mit Turban und Sonnenbrille auf der Nase hinter dem Tresen seine Ware.

»Drei Taler für eine Sonnenbrille? Ich gebe dir einen Taler«, antwortet ihm Legolas.

»Einen Taler für diese wunderschöne Sonnenbrille? Schauen Sie sich diese perfekte Ware noch einmal genauer an. Sie werden hier keine schönere Brille finden, und wenn Sie hier lange ohne Sonnenbrille herumlaufen, dann werden Sie blind«, erklärt der Brillenverkäufer. Als Legolas sich umdreht, um weiterzugehen, sagt der Mann:

»O.k., zwei Taler.«

»Ein Taler und dieser Edelstein.«

»Komisch, vorhin waren schon einmal zwei Personen hier, die mit solch einem Edelstein bezahlen wollten.«

»Wo sind die beiden hin?«, fragt Legolas.

»Also, wenn Sie die Brille für drei Taler kaufen, fällt es mir wieder ein.« Legolas dreht sich um und will gehen.

»O.K., für zwei Taler«, sagt der Händler

»Na gut«, willigt Legolas ein und gibt dem Händler zwei Taler im Tausch gegen die Ware. »Und?«, fragt er dann.

»Was und?«, entgegnet ihm der Händler.

»Wo sind sie hin?«

»Ach so. Sie sind dort entlanggegangen«, verrät ihm der Verkäufer und deutet auf die Menschenmenge hinter ihm.

»Wie? Das ist alles?«

»Ich habe Ihnen gesagt, wo sie hin sind, und damit mein Versprechen eingelöst«, rechtfertigt sich der Mann.

»Du kommst mir besser nicht mehr in die Quere«, flucht Legolas und taucht in die Menschenmenge ein. Er entdeckt einen Verkaufsstand, der Wurfspeere anbietet. Das Besondere an diesem Stand ist, dass er mittlerweile schon der vierte seiner Art ist. Kurz darauf entdeckt Legolas einen Stand, an dem krokodilähnliche Echsen am Spieß gegrillt werden.

»Was ist das?«, fragt er den Verkäufer.

»Sie sind neu hier?«, entgegnet dieser.

»Wie kommen Sie darauf?«

»Weil das der Wüstenwulloch ist, unser Nationalgericht, extrem gefährlich, aber sehr lecker. Möchten Sie eine Portion?«, fragt der Verkäufer. Legolas überlegt kurz.

»Ja, ich könnte eine Portion vertragen.« Nachdem sie sich über den Preis geeinigt haben, schneidet der Mann eine Portion ab und gibt sie Legolas. Als dieser in das Fleisch beißt, ist da wieder dieses angenehme Glücksgefühl. Das euphorische Gefühl scheint stärker als sonst zu sein. Möglicherweise hatte Legolas schon Entzugserscheinungen. Das Fleisch schmeckt wirklich lecker und etwas süßlich. Legolas bedankt sich und geht weiter. Plötzlich entdeckt er Hermine und Leonardo, die an einem Stand mit Maschinenteilen stehen. Er kämpft sich durch die Menschenmassen zu den beiden durch. Sie scheinen mit dem Verkäufer zu verhandeln. Legolas hört Hermine sagen:

»Aber so können wir die Spulen nicht gebrauchen.«

»Ich kenne jemanden, der sie passend umbauen kann«, versucht der Händler sie zu überzeugen. Legolas stellt sich hinter Hermine und Leonardo und gibt ein grunzendes Geräusch von sich. Hermine und Leonardo drehen sich um und grunzen ebenfalls.

»Na, mein Lieber, schön, dass du wieder da bist«, begrüßt Hermine Legolas und umarmt ihn.

»Ich sag's ja ungern, aber wir haben uns echt Sorgen gemacht«, sagt Leonardo.

»Ja, ich habe auf der Erde ein massives Rattenproblem gehabt«, erklärt Legolas.

»Hattest du Ratten im Haus?«, fragt Hermine.

»Sie waren sogar an meinen Anzug und an mir dran.«

»Das erklärt dein hektisches Verschwinden«, sagt Hermine.

»Hatten Sie kein Toilettengitter?«, fragt der Verkäufer.

»Jetzt schon. Was macht ihr hier?«, fragt Legolas.

»Wir sind auf der Suche nach Eindämmungsspulen und haben sie hier gefunden. Aber die Energiepuffer passen nicht«, erklärt Hermine.

»Ja, aber ich habe einen Schuldschein von einem Techniker hier, der sie umbauen kann«, gibt der Händler zu bedenken.

»Und wo finden wir den Techniker?«, fragt Leonardo.

»Er ist hier ganz in der Nähe. Also, ich verkaufe euch hier die Spulen inklusive des Schuldscheins für 200 Taler«, schlägt der Verkäufer vor.

»200 Taler!«, wiederholt Hermine ungläubig.

»Ich bin hier der Einzige, der solche Spulen hat«, erklärt der Verkäufer.

»Nein, nein, 200 Taler sind viel zu viel«, mischt sich Legolas ein.

»Das sehe ich auch so«, bestätigt Hermine.

»Wir geben Ihnen 100 Taler«, schlägt Leonardo vor.

»100 Taler sind viel zu wenig«, sagt der Händler

»Also gut« gibt Hermine nach. »130«. Schließlich einigen sie sich auf 150 Taler. Der Händler packt die Spulen auf eine Karre und sagt zu seinem Gehilfen:

»Du bringst sie zum Techniker, O.K.?« Dann wendet er sich zu den dreien um: »Mein Gehilfe führt Euch zu dem Techniker und hilft Euch beim Transport.«

Der Gehilfe, ein großer, unförmiger Mann, geht schweigend zur Deichsel hinüber. Er nickt den Dreien zu, und gemeinsam ziehen sie die Karre über den Marktplatz. Vor dem Stand des Sonnenbrillenverkäufers bleibt der Gehilfe plötzlich stehen.

»Was wollen wir denn hier?«, fragt Legolas.

»Da... Techniker«, sagt der Gehilfe einsilbig und deutet auf den Sonnenbrillenverkäufer.

»Das soll der Techniker sein?«, fragt Legolas.

»Techniker«, wiederholt der Gehilfe und nickt.

»Ich habe seine Bekanntschaft schon gemacht«, verrät Legolas »Ah, wir auch« sagt Hermine und deutet auf ihre Sonnenbrille. Als sie sich wieder umdrehen, ist der Gehilfe verschwunden.

»Du bist der Techniker?«, fragt Legolas.

»Ich habe keine Ahnung, wovon Sie reden«, stellt der Sonnenbrillenhändler fest.

»Ich habe hier einen Schuldschein«, sagt Legolas und holt das Dokument aus seiner Tasche. Der Händler blickt auf den Schuldschein und sagt:

»Ach du Scheiße. Der wurde schon vor einer halben

Ewigkeit ausgestellt.«

»Da steht: „Einbau und Kalibrierung von sechs Magnetspulen."«

»O.K., O.K., ich mach's ja. Nächste Woche hätte ich Zeit.«

»Nein, heute«, widerspricht Legolas und schaut ihn grimmig an.

»Warum heute? Der Tag ist doch fast um, und nachts kommen die Wüstenwullochs.«

»Was für Wüstenwullochs?«, fragt Hermine.

»Wir müssen morgen los. Sonst können wir unseren Termin nach Alpha 3 nicht einhalten«, erklärt Leonardo.

»Ihr wollt nach Alpha 3?«, fragt der Sonnenbrillenverkäufer.

»Ja. Morgen früh.«

»Also... wenn ihr mich mitnehmt, dann werde ich es versuchen. Aber dass ich fertig werde, kann ich nicht garantieren«, erklärt der Brillenmann.

»O.K., dann haben wir einen Deal«, willigt Legolas ein.

»Hey, Luciano, hast du noch Interesse an meinem Stand?«, ruft der Brillenverkäufer nach nebenan. Luciano am Nachbarstand verkauft kunstvoll gefertigte Speere.

»Hast du es dir also doch überlegt?«, schreit der Mann zurück.

»Ja, was ist jetzt? Sonst frage ich den Dicken!«, ruft der Brillenmann zum Speerstand hinüber.

»Zum vereinbarten Preis?«, schreit der Nachbar herüber.

»Ja, plus vier Speere«, ruft der Brillenmann.

»Vier Speere... also gut.«

»Ich habe bemerkt, dass ihr keine Speere habt, die braucht

ihr aber, wenn ihr hier in die Wüste geht. Damit ihr euch gegen die Wüstenwullochs verteidigen könnt«, erklärt der Brillenverkäufer. »Ihr könnt euch später bedanken.«

Sie tingeln zum Speerverkäufer hinüber. Die kunstvoll verzierten Speere liegen gut in der Hand, sie sind gut ausbalanciert und mit einer Edelstahlspitze versehen. Legolas, Hermine, Leonardo und der Brillenmann suchen sich je einen Speer aus und bedanken sich bei dem Verkäufer. Der Brillenmann verschwindet mit dem Besitzer des Speerstandes hinter den Tresen, um seinen Brillenstand zu veräußern, dann verabschieden sich die beiden voneinander.

»Lasst uns gehen! Wo steht das Schiff?«, fragt der Brillenverkäufer.

»Der Gleiter steht ungefähr anderthalb Kilometer vor der Stadt«, erklärt Hermine.

»Anderthalb Kilometer!«, wiederholt der Brillenmann und bleibt stehen.

»Oh, das wird knapp. Los, wir müssen rennen, denn wenn es dunkel wird, kommen die Wullochs und dann sieht es stockfinster für uns aus!«, ruft er erregt.

»Ja, dann los«, sagt Leonardo und alle beginnen zu rennen, so schnell es mit der unhandlichen Karre und den schweren Spulen darin möglich ist. Als sie den Stadtrand erreicht haben, ist von der vorher riesigen Sonne nur noch eine schmale Sichel zu sehen.

»Oh Gott, worauf habe ich mich hier nur eingelassen?«, jammert der Brillenmann.

»Sonnenbrillen ab, dann geht es wieder«, ruft Leonardo und sie befolgen seinen Rat. Dann öffnen sie das Holztor und rennen mit der sperrigen Karre in die Wüste. Das Holztor, das nur mit einer Feder gesichert ist, fällt hinter ihnen krachend zu. Die Räder der Karre graben sich tief in den weichen Sand ein, so dass sie nur langsam vorankommen. In der Ferne spiegelt sich der Raumgleiter in den letzten Sonnenstrahlen.

»Wir müssen die Spulen tragen, sonst schaffen wir es nicht«, schreit der Brillenmann.

»Haben wir noch genug Energie, um zu starten?«, fragt Legolas.

»Ja, haben wir«, bestätigt Hermine. Legolas beobachtet, wie sich der Sand vor ihnen bewegt.

»Der Sand bewegt sich«, ruft Hermine im gleichen Augenblick.

»Das sind sie«, brüllt der Brillenmann.

»Wir lassen die Karre mit den Spulen hier stehen und holen sie später mit dem Raumgleiter ab«, ruft Legolas.

»Gute Idee«, antwortet Leonardo. Als sie losrennen, sagt der Brillenmann:

»Ihr müsst so leise wie möglich laufen. Die Biester reagieren auf Vibrationen. Wenn sie vor euch auftauchen, benutzt eure Speere.«

Legolas beobachtet plötzlich, wie von allen Seiten Sandhaufen in einer Länge von einem halben bis zu drei Metern auf sie zukommen. Die Tiere scheinen wenige Zentimeter tief unter dem weichen Sand dahinzukriechen. Die Vier laufen jetzt nicht mehr direkt in Richtung Raumgleiter, sondern weichen großräumig den beweglichen Sandhaufen aus. Erschwerend kommt hinzu, dass die Sonne allmählich untergeht.

Plötzlich schreit Hermine:

»Legolas, rechts!«

Aus einem Sandhaufen kommt ein krokodilähnliches Wesen zum Vorschein. Blitzschnell schlägt ihm Legolas den Speer ins Maul. Doch das scheint das Tier nicht im Mindesten zu beeindrucken, denn es beißt den Speer einfach durch. Verblüfft starrt Legolas auf den Überrest seiner Waffe. Das Tier versucht mit seinem riesigen Maul sein Bein zu erwischen. Doch Legolas kann es im letzten Augenblick wegziehen und schlägt dem Tier den Rest seines Speers ins Auge. Aber auch das scheint ihm nichts auszumachen – im Gegenteil. Es wird immer wütender. Legolas strauchelt und fällt in den Sand. Plötzlich kommt ein Speer angeflogen und trifft den Wüstenwulloch genau zwischen den Augen in den Kopf. Legolas starrt auf das zuckende Tier, das zu Boden sinkt.

»Schnapp dir den Speer und lauf«, schreit der Brillenmann. Legolas springt auf, reißt den Speer aus dem Kopf des Tieres und rennt los. Alle laufen, so schnell sie können. Es ist mittlerweile so dunkel, dass der Raumgleiter in der Ferne kaum noch zu erkennen ist. Ein Sandhaufen bewegt sich genau auf Leonardo zu. Dieser macht einen riesigen Satz und springt darüber hinweg. Da taucht ein Maul aus dem Sand auf und verfehlt ihn um Haaresbreite. Auch vor Legolas erhebt sich nun ein Sandhaufen. Legolas läuft genau auf ihn zu und schlägt den Speer in die Luft. Der Wüstenwulloch, der schon zum Sprung angesetzt hat, sinkt mit dem Speer im Kopf zu Boden. Legolas reißt den Speer heraus und rennt weiter. Der Wüstenwulloch scheint jedoch noch einen Rest Leben in sich zu haben. Er schreit auf und bewegt sich zuckend hin und her. Die Gruppe rennt weiter, doch inzwischen scheinen die Biester sie vollständig eingekreist zu haben. Aus allen Richtungen kommen jetzt Sandhaufen auf sie zu, und es werden immer mehr. Der Raumgleiter ist nur noch 300 Meer entfernt, die Notbeleuchtung im Cockpit ist bereits zu erkennen. Doch bis dorthin schaffen sie es nicht mehr. Plötzlich schreit der Brillenmann:

»Bleibt, wo ihr seid! Verhaltet euch ruhig. Haltet die Füße still. Vielleicht lenkt der sterbende Wüstenwulloch sie von uns ab.«

Alle bleiben völlig bewegungslos stehen. Legolas' Herz pocht so laut, dass er sicher ist, alle könnten es hören. Die Sandhaufen bewegen sich an ihnen vorbei zum sterbenden Tier, einige von ihnen verfehlen die Füße der Gruppe nur um wenige Zentimeter. Die Tiere scheinen regelrecht durch den Sand zu schwimmen. Vermutlich haben die ersten Wüstenwullochs das verendete Tier gefunden, denn nun sind heftige Kampfgeräusche zu hören. Die Tiere scheinen sich um die Beute zu streiten.

»Jetzt fressen sie sich gegenseitig auf«, flüstert der Brillenmann. »Das bedeutet aber gleichzeitig, dass jetzt alle Wüstenwullochs in Umkreis angelockt werden. Und das ist gar nicht gut.«

Einige Sekunden lang, die sich wie Stunden anfühlen, bleibt die Gruppe völlig regungslos auf einer Stelle stehen. Die Kampf- und Fressgeräusche werden lauter und kommen näher.

»Wir sollten uns jetzt hier vorsichtig wegschleichen«, flüstert Hermine.

»Aber ganz vorsichtig und wenn ein Sandhaufen kommt, stehen bleiben«, flüstert der Brillenmann zurück. Sie gehen vorsichtig los. Mittlerweile stehen unzählige Sterne am Himmel, die die hügelige Wüstenlandschaft spärlich ausleuchten.

Der Sand schimmert bläulich, so dass die Umgebung nur unklar zu erkennen ist. Die Gegend erscheint unwirklich. Die gespenstische Stille wird nur von Fressgeräuschen unterbrochen. Die Gruppe schleicht vorsichtig zum Schiff. Als sie es endlich erreicht hat, gibt Legolas den Sicherheitscode in die Fernbedienung ein und lässt die Laderampe herunter. Durch das Geräusch der Ladeluke angelockt, nähern sich die Sandhaufen rings um den Raumgleiter. Als dann endlich die Ladeluke so weit unten ist, dass die Gruppe ins Schiff springen kann, ist auch ein 2,50 m langer Sandhaufen vor der Laderampe angekommen und springt gemeinsam mit der Gruppe hinauf. Der Wüstenwulloch hat nicht nur das Maul eines Krokodils, sondern sieht ihm auch sonst sehr ähnlich. An seinen Beinen befindet sich eine Art Lamellen, die es ihm wohl ermöglichen, sich im Sand fortzubewegen. Während Hermine und Leonardo mit den Speeren auf das Tier losgehen, schließt Legolas die Ladeluke. Der Brillenmann schreit:

»Wo sind die Waffen?!«

»Wir haben keine Waffen am Bord«, antwortet Legolas.

»Was seid ihr denn für Weltenbummler?«, fragt der Brillenmann spöttisch. In diesem Augenblick erwischt der Wüstenwulloch Hermine und schleudert sie mit dem Schwanz quer durch den Laderaum. Der Brillenmann wirft seinen Speer und trifft das Tier am Rücken. Doch die Spitze prallt einfach an seiner Panzerung ab. Legolas rennt durch den Laderaum und steigt in einen der Laderoboter, die an der Wand befestigt sind. Er löst die Verriegelung und läuft direkt auf den Wulloch zu. Als das Tier ihn bemerkt, lässt es von Hermine ab und greift den Roboter an. Blitzschnell beißt der Wüstenwulloch in das Stahlbein des Laderoboters und versucht ihn umzuwerfen, was ihm auch gelingt. Der Laderoboter kippt vornüber. Während des Fallens schafft es Legolas, den Arm des Roboters so zu positionieren, dass er den Rumpf des Tieres unter sich einquetscht. Den anderen Arm richtet er so aus, dass der Roboter relativ gerade aufschlägt, denn Legolas ist noch nicht angeschnallt. Er fällt aus der Kanzel, direkt neben den noch immer zappelnden Wüstenwulloch.

»Die Viecher fangen echt an zu nerven«, stellt er fest.

»Du sagst es«, bestätigt Leonardo und schlägt dem Tier eine Eisenstange in den Kopf.

Mittlerweile hat sich auch Hermine aufgerappelt und steht neben dem Captain. Ihre ohnehin eher übersichtliche Kleidung ist nun völlig zerrissen. Auch ihre Haare hängen wirr herunter.

»Geht es dir gut?«, fragt Leonardo.

»Alles Roger«, antwortet Hermine und stupst das regungslose Tier mit dem Fuß an. »Ein wirklich würdiger Gegner«, gesteht sie dann.

»Ich schlage vor, du zeigst unserem Gast sein Zimmer«, sagt der Captain.

»Und ich bereite das Flugmanöver zur Bergung der Spulen vor. Ich möchte sie so schnell wie möglich in Sicherheit wissen«, sagt Legolas. Die andern nicken und steigen in den Aufzug.

Als Legolas auf der Brücke steht und die Außenbeleuchtung einschaltet, kann er das faszinierende Schauspiel im Sand beobachten. Hunderte, wenn nicht tausende der Viecher bewegen sich dort und fallen übereinander her. Legolas startet den Hauptcomputer und geht die Checkliste durch, als er plötzlich bemerkt, dass der Raumgleiter seitlich absackt. Die Wüstenwullochs scheinen den Sand unter den Füßen des Raumgleiters abzugraben. Ohne auf seine Crew zu warten, startet Legolas die Manövrier-Triebwerke. Wenig später kommen Hermine und Leonardo auf die Brücke und setzen sich auf ihre Plätze.

»Die Viecher gönnen uns aber auch wirklich keine Verschnaufpause«, sagt Leonardo. Wenig später hebt der Raumgleiter ab. Nach wenigen Sekunden haben sie die Stelle erreicht, an der der Karren im Sand liegt.

»Bereit für einen weiteren Tanz?«, fragt Legolas. Leonardo und Hermine springen auf und rennen zum Aufzug. Legolas erblickt den Brillenmann, der mit seiner Crew im Aufzug verschwindet, und setzt mit Hilfe der Heckkamera so auf, dass die Ladeluke so nah wie möglich vor den Spulen liegt. Das Manöver glückt, die Rampen-Kontrollleuchte blinkt auf und Legolas betritt ebenfalls den Aufzug. Als er im Laderaum ankommt, befinden sich die Spulen schon im Laderaum und die Laderampe schließt gerade selbsttätig. Neben den Spulen liegen zwei weitere, kleinere Wüstenwullochs mit einem Speer im Kopf.

»Die Viecher können es einfach nicht lassen«, schimpft Hermine. Wenig später bemerken sie, dass der Raumgleiter wieder absackt.

»Wir müssen schnell hier weg und woanders parken«, bemerkt Legolas und schaut den Brillenmann fragend an.

»Ich weiß nicht, wohin. Es gibt hier überall nur Sand und in der Stadt ist keinen Landeplatz.«, antwortet dieser.

»Wie heißt du eigentlich?«, fragt Hermine.

»Ich heiße Sandukan.«

»O.K., Sandukan, kannst du die Energiespulen auch im All umbauen?«, fragt Legolas.

»Das kann ich von hier aus nicht sagen. Dazu muss ich erst einmal in den Maschinenraum und die anderen Spulen sehen«, erklärt Sandukan.

Als sie dort angekommen sind, begutachtet Sandukan die Konstruktion.

»Was soll das denn da sein?«, fragt er spöttisch. Plötzlich sackt der Raumgleiter wieder einige Zentimeter ab.

»Ha, die Dinger sind ja aus dem Mittelalter. Damit seid ihr geflogen?« lästert Sandukan weiter.

»Ja, wir haben sogar 63,4 Prozent rausgeholt!«, erwidert Hermine.

»Kaum zu glauben. 63,4 Prozent! Dass die das ausgehalten haben! Da müsst ihr aber die Spulen perfekt abgestimmt haben. Einen kurzen Sprint halten sie vielleicht aus, aber über Tage... ist ja kaum zu glauben! Dass euer Hauptrechner das mitgemacht hat, grenzt an ein Wunder«, staunt Sandukan.

»Nun ja ... es hat schon einen Grund, weshalb wir auf eurem hässlichen Mond gelandet sind«, klärt Leonardo ihn auf.

»Also gut. Ich mache einen kompletten Satz rein. Dann sind wir auf der sicheren Seite und wenn wir genug Energiepacks dabei haben, können wir's versuchen. Ich hoffe, eure Hilfsgeneratoren sind in Ordnung?«, fragt Sandukan.

»Ja, sind sie«, bestätigt Hermine. Wenig später starten sie die Maschinen und fliegen in den Orbit, um ihn kurz darauf wieder zu verlassen und ins All zu fliegen. Legolas gibt einen kurzen Energiestoß in die richtige Richtung und schaltet den Antrieb aus.

»So, das war es fürs Erste.«

»Ja, dann will ich einmal versuchen, die Dinger umzubauen«, sagt Sandukan.

»Ich werde dich begleiten«, erwidert der Captain. Leonardo und Sandukan betreten den Aufzug.

»Ich muss dir noch etwas sagen«, sagt Legolas zu Hermine, die noch auf ihrem Platz auf der Brücke sitzt und zu ihm hinüberschaut.

»Ihr müsst morgen alleine klarkommen, ich muss noch einmal zur Erde.«

»Was ist los?«, fragt Hermine nach.

»Ich habe auf der Erde ein paar alte Freunde getroffen und es ist nicht schlecht, in diesen schwierigen Zeiten auch auf der Erde Freunde zu haben«, erklärt Legolas.

»Aha. Aber warum gerade morgen?«, fragt Hermine.

»Sie haben mir bei meiner Rattenplage geholfen und ich habe versprochen, sie morgen zu begleiten.«

»Kein Problem, das hier kriegen wir schon hin. Kommst du denn auf der Erde klar?«

»Ha, schlimmer als die Begegnung mit den Wüstenwullochs kann es wohl kaum werden«, scherzt Legolas. »

Ja, aber vergiss nicht, dass du auf der Erde schwach und verletzlich bist.«

»Ich weiß. Genau aus diesem Grund ist es wichtig, ein paar Freunde zu haben«, erklärt Legolas.

DER WEG ZUM BAHNHOF

Julius setzt die kleine, viereckige Sonnenbrille auf. Seine schwarzen Schuhe hat er sorgfältig entstaubt und mit einem Lappen abgerieben, so dass sie nun glänzen. Er blickt in den Spiegel, und diesmal gefällt ihm sein Spiegelbild. Den dunkelblauen Anzug, einen klassischen, zeitlosen Einreiher, hat er sich seinerzeit von seinem letzten Geld anfertigen lassen, mit dem Gedanken, dass er ihn vielleicht irgendwann einmal brauchen könnte, und sich im Nachhinein darüber geärgert, dass er etwas knapp saß. Doch er hat den Anzug und das weiße Hemd dazu bis zum heutigen Tage nie gebraucht. Nun ist der Anzug sogar ein wenig zu weit. Julius verlässt die Wohnung, klettert vorsichtig über das Sofa, das noch immer im Hausflur liegt, und begibt sich auf die Straße. Es ist für die Jahreszeit ungewöhnlich warm und die Sonne erhellt den Morgen. Julius muss zugeben, dass er wegen des bevorstehenden Ereignisses nervös ist. Vorsichtig geht er durch die stinkenden Müllberge. In einer Seitengasse beobachtet er Kinder, die mit Zwillen auf Ratten schießen. Wenig später hat er das Haus seiner Freunde erreicht und klingelt zweimal lang und zweimal kurz. Markus öffnet die Tür.

»Schön, dass du da bist!«

Sie betreten die Wohnung. Alle sitzen am Tisch und frühstücken.

»Oh, feiner Anzug, nicht schlecht, komm, setz dich«, sagt Fatima und deutet auf einen freien Stuhl neben Oma Emma. Alle tragen elegante Kleider. um im Ghetto der Wohlhabenden nicht aufzufallen. Fatima trägt ein anthrazitfarbenes

Sommerkleid, Mary-Lou ein farbenprächtiges Kleid mit Dekolleté und dazu offene Lederschuhe. Jasmins übersichtliche Verpackung ist ebenfalls schön anzusehen. Markus trägt Weste und Blazer. Finn hat sich bemerkenswert elegant in einen schwarzen Anzug geworfen.

Julius setzt sich neben Oma Emma, die auf ihr Kleid deutet. Zuerst fällt ihm nichts Besonderes daran auf. Es ist bunt und erinnert Julius an ein Hippiekleid.

»Habe ich mir gestern zur Feier des Tages genäht und heute Morgen erst fertig gekriegt«, berichtet Emma stolz. Dann steht sie auf und dreht sich wie eine Ballerina. Das Kleid weht um sie herum. Es sitzt perfekt und bringt ein weiteres Talent der alten Frau zum Vorschein. Emma strahlt Julius über das ganze Gesicht an.

„Et voilá!" Sie macht eine kleine Verbeugung und setzt sich wieder an den Tisch. »Ich muss schon sagen, du überraschst mich immer wieder«, stellt der eigentlich wortkarge Alex fest und nickt ihr anerkennend zu. Auch die anderen geben ihrer Bewunderung Ausdruck. Aber auch Alex sieht mit seinem schwarzen Anzug und seiner dunklen Sonnenbrille beeindruckend aus. Die Muskelberge unter dem Anzug sind gut zu erahnen.

»Was macht dein Bein?«, fragt Julius.

»Ach, war nur eine Fleischwunde,« erwidert Alex.

»Aha, nur eine Fleischwunde«, wiederholt Mary-Lou kopfnickend.

»Also, genug Prepaidkarten haben wir. Dann kann es ja losgehen«, sagt Markus und zählt die Karten noch einmal durch.

»Auf zu den dicken Eiern!«, ruft Emma und zieht sich

einen Sommermantel über. Als Julius die Anwesenden betrachtet, muss er zugeben, dass sie eine ziemlich beeindruckende Gruppe darstellen. Gemeinsam strahlen sie Stärke aus, ohne die er sich nicht freiwillig auf die Straße trauen würde. Er hat sich ja schon lange nicht mehr alleine herausgewagt.

Die Gruppe geht aus dem Haus und schlendert in Richtung Schwimmbad. Früher wurden in der Badeanstalt internationale Wettkämpfe veranstaltet. Heute ist sie eine Bauruine, doch selbst für den Abriss fehlt das Geld. Dann überqueren sie die Hauptverkehrsstraße. Julius bemerkt, dass etwas fehlt – aber was? Irgendetwas ist anders als sonst. Es ist so befremdlich still. Erst später fällt ihm auf, dass sich auf der dicht befahrenen Hauptstraße nur lautlose Elektroautos befinden.

Sie gehen unter den riesigen Platanenbäumen am Theater vorbei in Richtung U-Bahn-Station. Ein angenehmer warmer Wind bläst ihnen bunte Blätter entgegen, die im Sonnenlicht leuchten und in der Luft umhertanzen, bevor sie den Boden unter sich begraben. An der U-Bahn-Station sitzen einige schlechtgekleidete Menschen auf einer Mauer und trinken Bier.

»Hier ist es einfach«, erklärt Markus. »Hier brauchen wir die Prepaidkarten nur vor den Scanner zu halten. Am Hauptbahnhof müssen wir vorsichtiger sein.« Sie fahren die lange Rolltreppe zu den Gleisen hinunter. Die Wände der U-Bahn-Station sind mit Graffiti übersät. Einige Lampen an der Decke flackern unruhig. Als die U-Bahn einfährt, sagt Markus:

»Achtet einmal auf den Zugführer.«

Julius blickt in die Fahrerkabine des vorbeifahrenden Zuges, kann aber keinen Zugführer erkennen.

»Ich sehe keinen Fahrer.«

»Eben. Die Dinger fahren vollautomatisch«, stellt Markus fest. Die U-Bahn ist so voll, dass sie im Abteil stehen müssen.

»Fällt dir was auf?«, fragt Markus und deutet schräg in die Ecke. Julius schaut sich aufmerksam um. Die meisten Menschen spielen an ihren Smartphones und haben Ohrstöpsel im Ohr. Dann betrachtet er einen Mann, der ihm schräg gegenübersitzt. Er sitzt völlig regungslos da und hat diesen merkwürdigen Blick, den auch der seltsame Egon hatte, der von Markus Dope gekauft hat. Die U-Bahn fährt in den nächsten Bahnhof ein und hält an. Ruckartig steht der Typ auf und verlässt die U-Bahn wie ein ferngesteuerter Roboter. Die Gruppe steigt ebenfalls aus und geht die Treppe hinauf.

DER BAHNHOF

»Also, Julius«, beginnt Markus seine Erklärung. »Auf den Prepaidkarten befindet sich zwar ein Guthaben, aber die Identität und das Foto stimmen natürlich nicht mit unseren Gesichtern überein.«

»Woher kommen die Prepaidkarten?«, fragt Julius.

»Haben wir besorgt«, erwidert Mary-Lou

»O.K. besorgt...«, wiederholt Julius nickend. »Wir müssen Sonnenbrillen tragen, damit die Bioscanner nicht die Augen erfassen und uns identifizieren können. Die Scanner sind zwar nicht zu sehen, aber sie sind im ganzen Bahnhof installiert, vor allem im Bereich der Drehkreuze. Wenn wir die Karte vor den Scanner halten, könnten sie erkennen, dass unsere Biodaten nicht zu den Angaben der Karte passen. Daher müssen wir sie ablenken.«

»Und wer kontrolliert die Scanner?«, fragt Oma Emma.

»Die Hauptaufgabe wird wohl der Computer mit Hilfe der Biodaten übernehmen, aber er kann die Identität der Besucher nicht zu hundert Prozent feststellen. Aus diesem Grunde gibt es im ganzen Land verstreute Sicherheitszentren, in denen Menschen in Großraumbüros vor Monitoren sitzen und versuchen, die Sicherheitslücken zu schließen«, erklärt Markus.

»Damit es auch wirklich sicher in Europa ist«, fügt Finn sarkastisch hinzu.

»Und wie sollen wir sie ablenken?«, fragt Julius.

»Erst geht ihr Männer rein und wir lenken sie ab, und dann umgekehrt«, sagt Jasmin.

109

»Und wie?«, fragt Julius.

»Lass dich überraschen«, sagt Mary-Lou geheimnisvoll.

»Komm, du wirst schon sehen«, beruhigt ihn Markus und zieht ihn am Arm mit sich.

»Ich gehe auch mit den Männern«, entscheidet Oma Emma.

»O.K., ich buche am Automaten die Fahrkarten, und dann treffen wir uns vorm Drehkreuz«, sagt Markus.

Sie gehen durch die Schiebetür ins Innere des Bahnhofs. Julius fällt sofort die dezente Musikberieselung auf. Die Bahnhofshalle ist gut belüftet und müllfrei, so dass es wieder möglich ist, durch die Nase zu atmen. Julius erkennt kein Geschäft aus der Vergangenheit wieder. Entweder haben die Läden neue Besitzer oder die Geschäftsräume stehen leer. Dann fällt ihm ein Automat an der Wand auf, vor dem eine kleine Menschenmenge wartet. Darüber befindet sich das bekannte Logo von Mc Donpels. »Selbstbedienung« steht mit großen Buchstaben darunter. Das Gerät hat zwei Bedieneinheiten mit jeweils einem kleinen Schaufenster und einer Nummerntastatur. Julius beobachtet, wie eine dicke Frau eine Nummer eingibt und ihren Ellbogen vor den Scanner hält. Dann ertönt eine Stimme aus dem Automaten:

»Guten Morgen, Frau Stumpf. Sie haben einen Schmeißburger bestellt. Ich bedanke mich und wünsche einen guten Appetit.« Julius kann in dem kleinen Sichtfenster erkennen, wie eine Brötchenhälfte in eine Form fällt. Dann folgen zwei Gurkenscheiben, ein Salatblatt, ein Klumpen, der wie eine Frikadelle aussieht, zwei Tomatenscheiben, eine rotgelbe Masse und zum Schluss eine weitere Brötchenhälfte, woraufhin das Ganze von einem Stampfer leicht zu einer Einheit zusammengedrückt wird. Wenig später rutscht ein eingeschweißtes Etwas aus einem Schlitz. Die dicke Frau nimmt es heraus, wickelt es aus der Plastikfolie und verzehrt es. Der Nächste in der Schlange ist ein junger, untersetzter Mann, der ebenfalls eine Nummer eingibt, seinen Ellbogen vor den Scanner hält und mit Namen begrüßt wird. Woher kennt der Automat die Namen all der Menschen?, fragt sich Julius. Plötzlich hört er Fatimas Stimme neben sich.

»Der Zug kommt gleich! Also, erst geht ihr Männer durch das Drehkreuz und wir lenken die Aufmerksamkeit auf uns. Dann müsst ihr die Scanner verwirren.«

Als Julius zum Drehkreuz kommt, warten seine Freunde schon auf ihn. Auch hier halten die Zugreisenden ihren Ellbogen vor den Scanner, woraufhin das Drehkreuz sie passieren lässt. Julius verspürt ein Gefühl, das er schon lange nicht mehr so intensiv wahrgenommen hat. Er hat schreckliche Angst. Das Herz klopft ihm bis zum Hals. Er muss sich schwer zusammenreißen, um nicht aufzufallen. Am liebsten würde er jetzt wegrennen.

»Jetzt geht es los«, sagt Oma Emma und lächelt ihn ermunternd an. Das beruhigt Julius ein wenig. Ihm ist immer noch nicht klar, wie die Frauen die Aufmerksamkeit auf sich lenken wollen. Doch als er einen flüchtigen Blick nach hinten wagt, weiß er es: Sie gehen einfach mit hoch erhobenem Kopf und in einer Reihe auf die Scanner zu. Drei stolze, attraktive Frauen, die sich selbstsicher im öffentlichen Raum bewegen. Oma Emma zieht die große Sonnenbrille ein wenig herunter und zwinkert Julius mit einem Auge zu. Dann geht sie zum Drehkreuz, hält die Karte vor den Scanner und das Drehkreuz lässt sie durch. Markus reicht eine Karte an Julius weiter, hält seine eigene Karte vor den Scanner, und das Drehkreuz lässt auch ihn passieren. Dann ist Julius an der Reihe. Seine Hand zittert, als er die Karte vor den Scanner hält. Als sich dann die Vorrichtung dreht und auch er auf der anderen Seite steht, durchströmt ihn ein Gefühl der Erleichterung.

»So, jetzt schnell hinauf zu Bahnsteig vier«, sagt Markus. Als sie oben ankommen, sieht Julius eine Menschenmenge, Sicherheitsleute und ein Kamerateam am anderen Ende des Bahnsteigs.

DER PROMI

»Was ist denn hier los?«, fragt er erstaunt.

»Ich sehe mal nach«, sagt Jasmin und läuft zum anderen Ende des Bahnsteigs. Der Rest der Gruppe folgt ihr langsam.

»Die warten hier auf einen Olaf Pochner«, berichtet Jasmin. Wenig später fährt ein ICR ein.

»Das ist unser Zug«, sagt Markus. Der Zug hält und ein blonder Mann steigt mit erhobenen Armen aus, umjubelt von seinen Fans.

»Herr Pochner. Sie wollen wirklich ohne fremde Hilfe einen Monat in Gelsenkirchen überleben?«, fragt ein Reporter.

»Ja. Ich werde nur eine kleine Handkamera und ein kleines Fernsehteam mitnehmen«, hört Julius den blonden Mann antworten.

»Werden Sie sich auch von Überlebenseinheiten ernähren?«, fragt der Reporter weiter.

»Ich werde versuchen, mich normal zu ernähren, aber ich habe bei den Vorbereitungen zu diesem Experiment natürlich auch Überlebenseinheiten getestet.«

Markus und Julius, Alex und Jasmin steigen in den Zug. Gerade als Mary-Lou als Letzte in den Zug einsteigen will, fragt ein Reporter sie:

»Wie finden Sie das Vorhaben von Herrn Pochner?« Mary-Lou dreht sich um.

»Mutig... sehr mutig. Ich würde da nicht hinwollen.« Dann wendet sie sich ab und steigt in den Zug. Wenig später fährt der ICR los.

DIE ZUGFAHRT UND DIE MACHT DER MASCHINEN

»Hoffentlich finden wir zusammenhängende Plätze«, meint Julius.

»Ich habe die Sitzplätze 154 bis 162 gebucht«, beruhigt ihn Markus. Als sie durch den Zug gehen, um zu ihren Plätzen zu gelangen, fällt Julius auf, dass hier im ICR weniger Reisende mit dem Smartphone hantieren als vorhin in der U-Bahn. Aber auffallend viele Menschen haben diesen merkwürdigen glasigen Blick. Es herrscht eine gespenstische Stille im Zug. Nur die Abrollgeräusche der Waggonräder und das Rappeln der Kunststoffverkleidungen in Abteil sind zu hören. Aus den Ohrstöpseln einiger Fahrgäste erklingen leise Fragmente ihrer Musik oder ihrer Hörbücher. Die Reisenden scheinen alle mit sich selbst beschäftigt zu sein. Auch Julius' Freunden fällt die merkwürdige Stille im Zug auf.

»Irgendetwas ist hier komisch«, sagt Emma leise.

»Dieses I-Pam muss ein unglaubliches Suchtpotenzial haben«, flüstert Fatima mit einer Stimme, die klingt, als wolle sie niemanden aufwecken.

»Sehr beeindruckend«, meint auch Alex. Sie finden ihre Plätze, und Julius ist froh, sich setzen zu können.

»Wir sind hier anscheinend die Einzigen ohne elektronische Helfer im Zug. Ach übrigens, ich glaube, dieser Zug fährt auch vollautomatisch per Computer«, sagt Markus. »Soll angeblich sicherer sein. So kann der Bahn-Konzern menschliches Versagen ausschließen, und billiger ist es auch.«

»Wie, es gibt niemanden, der den Computer kontrolliert?«, fragt Fatima nach.

»Nein der Computer kontrolliert nun den Menschen«, scherzt Finn.

»Ich behaupte, dass Maschinen schon längst die Regie übernommen haben. Schon seit Jahren sind zum Beispiel die Börsengeschäfte oder Bankgeschäfte völlig automatisiert. Allein durch seine schnelle Rechenkapazität kann der Computer völlig selbstständig Unmengen von virtuellem Geld schaffen und ganze Gesellschaftsschichten arm oder auch reich machen. Das finde ich wirklich beeindruckend«, erklärt Markus.

»Du meinst, ohne dass da noch ein Mensch eingreift?«, hakt Julius nach.

»Genau das meine ich. Der Rechner generiert in einer Minute mehr Geld, als ein fleißiger Arbeiter im ganzen Leben erwirtschaften kann«, sagt Markus.

»Aber wie soll das funktionieren?«, fragt Julius.

»Es gibt eigentlich viele Möglichkeiten, sein vorhandenes Geld zu vermehren. Ein relativ einfaches Beispiel: Seit Generationen leihen sich Menschen Geld von denen, die es haben, und zahlen Zinsen dafür. Und da mittlerweile einige wenige Reiche genau so viel Kapital besitzen wie der gesamte Rest der Weltbevölkerung, braucht es kein Studium, um zu wissen, wem die Zinsen zugerechnet werden. Ist eben nur ein Rechenprozess, der schon seit vielen Generationen stattfindet.« Julius muss an den Brillenverkäufer in der Neuen Welt denken. In der realen Welt hätte er nicht nur die Spulen einbauen, sondern auch den Raumgleiter schrubben müssen, um seine Schulden abzubauen.

Wenig später fährt der Zug in den nächsten Bahnhof ein

und bleibt genau vor einer Plakatwand stehen. Einige Fahrgäste stehen mechanisch auf und verlassen das Zugabteil lautlos durch die Schiebetür. Einsteigende Fahrgäste suchen gezielt die freigewordenen Plätze auf und setzen sich. Viele von ihnen haben ebenfalls diesen merkwürdig glasigen Blick. Julius starrt auf die etwas verblichene Plakatwand.

»Die O.P. bekommen Sie geschenkt.« Er liest weiter: »Sie brauchen keinen Personalausweis. Sie haben Ihre Geldbörse immer dabei.« Julius versteht nicht, was das Plakat verkaufen will. Darauf ist eine hübsche Frau im Bikini abgebildet, die über das ganze Gesicht strahlt.

»Sie haben stets Ihre Krankenkassenkarte dabei und alles umsonst.« Plötzlich fällt Julius der Essensautomat von Mc Dompel im Bahnhof Gelsenkirchen wieder ein und wie die Menschen ihren Unterarm vor den Scanner gehalten haben.

Der Zug setzt sich langsam wieder in Bewegung. Mary-Lou hat Julius beobachtet. Nun sagt sie: »Ja, die meisten haben sich so ein Ding schon in den Unterarm einpflanzen lassen. Es gibt so gut wie kein Bargeld mehr, und diejenigen, die noch Bargeld haben, müssen ihr Geld umständlich auf eine Prepaidkarte umbuchen, um bezahlen zu können.«

Julius wird allmählich klar, dass sich die reale Welt sehr verändert hat.

»Mittlerweile passen sich nicht mehr die Maschinen den Menschen an, sondern die Menschen den Maschinen«, scherzt Finn.

»Aber die Technisierung macht das Leben doch einfacher. Früher haben Menschen in den Produktionshallen gearbeitet und heute verrichten Roboter die schwere Arbeit. Zumindest die Menschen in den Industrieländern bekommen durch die Technisierung eine positive Zukunftsperspektive«, meint Jasmin.

»Aber die Menschen, die nicht mehr in den Produktionsstraßen arbeiten, sind übrig«, gibt Finn zu bedenken.

»Auch hier profitiert also nur der Besitzer der Maschinen«, bemerkt Julius leise.

»Nein, nicht ganz. Immerhin haben wir Frieden. Mittlerweile verfügt jeder arme Mensch, der sich regelkonform verhält, über Nahrung und eine warme Bleibe mit Strom, so dass er sein Smartphone anschließen und sich unterhalten lassen kann«, lästert Finn.

Sie fahren in den nächsten Bahnhof ein, und wieder stehen einige Fahrgäste auf und verlassen das Abteil durch die Schiebetür. »Oh, ein freier Platz«, sagt Fatima und steht auf, um sich dorthinzusetzen. Die Freunde schauen sich fragend an. Wenige Augenblicke später betreten neue Fahrgäste das Abteil. Einer von ihnen, der ebenfalls diesen merkwürdigen Blick hat, bleibt vor Fatima stehen und sagt:

»Sie sitzen auf meinem Platz.«

»Nein, da muss ein Irrtum vorliegen«, widerspricht ihm Fatima und versucht ernst zu bleiben.

»Nein, ich habe Platz 163 reserviert. Ich kann Ihnen meine Platzreservierung zuschicken.«

»Aber was bringt uns das jetzt?«

Der Mann blickt Fatima fragend an und sagt:

»Es tut mir leid, aber ich kann Sie nicht sehen.«

»Aber ich sitze doch genau vor Ihnen.«

»Nein, Sie müssen Ihre IP-Adresse auf sichtbar stellen und unterstreichen, damit ich sie sehen kann.«

»Welche IP-Adresse? Ich habe gar keine.«

»Ach so, dann versuchen wir es auf die altmodische Art. Sie müssen bei Ihrem Smartphone die Bluetooth-Schnittstelle einschalten und auf sichtbar stellen. Dann schicke ich Ihnen meine Platzreservierung auf Ihr Smartphone.«

»Aber ich habe gar kein Smartphone.« Der Mann starrt Fatima ungläubig an.

»Sie haben kein Smartphone?«

»Nein. Ich habe noch nicht einmal ein Handy«, gesteht Fatima. Der Mann schaut sie ungläubig an.

»Ja, das tut mir leid, aber den Platz habe ich gebucht.« Plötzlich steht ein bärtiger Mann mit langem Haar im hinteren Teil des Abteils auf und sagt:

»Ich kann bestätigen, dass dieser Mann diesen Platz gebucht hat.«

»Wie können Sie das wissen?«, fragt Fatima.

»Weil er mit der Platzreservierung im Anhang einen kleinen Hilferuf gepostet hat.«

»Was heißt das?«, fragt Fatima,

»Ich habe im Umfang von fünfzig Metern eine Suchanfrage gestartet, um jemanden zu finden, der meine Platzreservierung bestätigt«, erklärt der Mann.

»Ich könnte Ihren Chip scannen, um das Missverständnis aufzuklären.« Wie ein kleiner Junge stampft er ungeduldig auf den Boden.

»Ich habe keinen Chip«, erwidert Fatima.

»Ja... ja... dann...«, stottert der Mann ratlos.

»Ich habe meine Platzreservierung auf einer Prepaidkarte«, erklärt Fatima ihm.

»Ja dann rufe ich jetzt die Zugbegleitung.«

»Schon gut, Sie können sich hier hinsetzen«, gibt Fatima nach. »Ich steige eh bald aus.«

Als sie in Düsseldorf ankommen, ist Julius froh, dieses bedrückende Zugabteil verlassen zu können. Im Bahnhof scheinen sich die Menschen normal zu verhalten. In der Bahnhofshalle sind große Monitore an den hohen Wänden angebracht. Plötzlich beginnt Fatima zu singen.

»Eine Zugfahrt, die ist lustig, eine Zugfahrt, die ist schön...« Als sie die Blicke ihrer Begleiter bemerkt, verstummt ihr Lied schnell.

»Man wird ja wohl mal singen dürfen«, spottet sie. Sie gehen aus dem Bahnhof über den breiten Zebrastreifen in Richtung Altstadt. Der Bürgersteig hinter dem Bahnhof ist erstaunlich sauber. Hier gibt es keine stinkenden Müllberge.

»Ein ungewohntes Bild«, stellt Emma fest. Selbst die Mülleimer an den Bushaltestellen sind geleert.

»Vielleicht sollten wir doch umsiedeln«, sagt Jasmin.

Sie schlendern an diesem wunderbaren Oktobertag die breiten Bürgersteige entlang und kommen an einem Geschäft vorbei, das den Namen trägt: *Damit Sie wieder schlafen können.* Doch statt Betten oder Bettwäsche sind im Schaufenster Überwachungskameras, Sicherheitsgitter, Sicherheitsbeschläge, Sicherheitsglas und Schusswaffen ausgestellt.

»Wenn sich die Menschen so verbarrikadieren, dann ist es doch nur logisch, dass sie sich nur in ihrem geschützten Bereich sicher fühlen. Sie sperren sich also freiwillig ein«, bemerkt Jasmin.

»Könnte man so sagen«, bestätigt Fatima. Auf einem Schild im Schaufenster steht zu lesen: *Schützen Sie Ihr Hab und Gut.*

»Die Menschen leben in Angst, sonst würden sie sich nicht so absichern«, überlegt Julius. Als sie weiterschlendern und ihnen die Blätter der Bäume entgegenfliegen, kommen ihnen einige Passanten mit Hunden entgegen. Doch Julius kann nichts Außergewöhnliches an den Tieren erkennen, außer dass es hier anscheinend viele Hunde gibt. Als die Freunde die Einkaufspassage erreicht haben und nach dem Hundechirurgen suchen, entdecken sie ein Schaufenster, in dem menschenähnliche Roboter zu sehen sind.

DER ANDROIDEN-SHOP

Die Roboter sind der menschlichen Anatomie nachempfunden. Im Schaufenster stehen zwei Ausführungen – eine männliche und eine weibliche. Die Roboter haben Haare, eine menschenähnliche Vinylhaut, Zähne und Fingernägel. An dem männlichen Exemplar sind sogar Bartstoppeln und Brustbehaarung angedeutet. Zuerst glaubt Julius, es handele sich um ganz normale Schaufensterpuppen. Doch neben den menschenähnlichen Maschinen steht ein Monitor, der die beiden Roboter zeigt, wie sie einen Walzer tanzen. Die Bewegungen der Maschinen sind flüssig und haben eine verblüffende Ähnlichkeit mit denen menschlicher Tänzer. Sie tanzen nicht nur Standardschritte, sondern können sich auch während des Tanzes drehen. Der männliche Android trägt einen bordeauxroten Smoking, unter dem Jackett ein weit offenstehendes weißes Hemd, unter dem die Brustbehaarung zu sehen ist, und dazu schwarze, glänzende Schuhe. Der weibliche Roboter steckt in einem roten Kleid. „Sie" trägt eine schwarze Strumpfhose. Die halbhohen roten Pumps sind mit Lederriemen elegant am Fuß befestigt, genau wie auf dem Werbevideo neben den Maschinen auf dem Monitor zu sehen. Über dem Geschäft steht: *Der Androiden-Shop*. Die Gruppe betrachtet das Schaufenster näher.

»Verblüffend«, sagt Markus.

Roboter sind für Julius nichts Neues, aber solch ein Geschäft hat er noch nie gesehen. Er beobachtet, wie ein Mann sich dem Shop nähert und über einen Lautsprecher angesprochen wird.

»Guten Tag, Herr Krüger, hier finden Sie Ihre perfekte Partnerin. Kommen Sie herein und überzeugen Sie sich selbst.« Der Mann bleibt vor dem Schaufenster stehen. Als er weitergehen möchte, sagt die Stimme aus dem Lautsprecher:

»Herr Krüger, wir haben hier Ihre perfekte Freundin, die Ihre geheimsten Träume verwirklichen kann.« Der Mann verharrt einen Augenblick, überlegt und betritt den Shop.

»Komm, das müssen wir uns näher ansehen«, sagt Oma Emma und stürmt los. »Mal schauen, was so ein Kerl alles kann.« Sie betritt den Laden. Julius und die anderen folgen ihr.

In den Regalen stehen Saugroboter, Rasenmäherroboter und Spülroboter. Dann entdeckt Julius einen p-43 Robotik. Ein Roboter, der speziell für die Pflege entwickelt worden ist. Er kann selbstständig Tabletts mit Essen austeilen und wieder einsammeln. Außerdem kann er die Bettlakeneinheiten, die an den Betten montiert sind, abwickeln und wechseln. Dazu wird einfach das saubere Laken abgerollt und auf der anderen Seite das gebrauchte Laken wieder aufgerollt. So kann ein Bett bis zu zehnmal frisch bezogen werden. Der p-43 kann Fieber und Blutdruck messen. Oft findet er während seiner Arbeitsabläufe in den Altenheimen die Verstorbenen und benachrichtigt völlig selbstständig die Betreuer. Julius weiß über den p-43 so gut Bescheid, weil sein Einsatz vor einigen Jahren noch umstritten war. Heute ist er eine wichtige Unterstützung geworden und aus dem Pflegedienst nicht mehr wegzudenken.

Bei anderen Robotern ist die Funktion dagegen nicht auf den ersten Blick zu erkennen. Oma Emma steht vor dem männlichen Androiden, der mit dem weiblichen Roboter auf einem kleinen Podest in der Mitte des Ladens aufgebaut ist.

Der Mann, den die Stimme aus dem Lautsprecher mit „Herr Krüger" angesprochen hat, steht vor dem Tresen am Ende des Ladens und wartet auf einen Verkäufer. Aus dem hinteren Teil des Geschäftes kommt ein hagerer Verkäufer mit hochgegeltem Haar und in roter Hose und grellem gelbem Jackett auf sie zu.

»Guten Tag.«, sagt er beim Näherkommen. »Was kann ich für Sie tun, meine Dame?«

Emma mustert ihn kritisch.

»Sie interessieren sich für unser Spitzenmodell, den 6000er?«, fragt der Verkäufer freundlich. »Der 6000er ist ein Wunderwerk der Technik.«

»Was kann er denn?«, fragt Emma schnippisch. Der Verkäufer verbeugt sich und sagt ernst und andächtig:

»Er kann alles. Der 6000er hat einen riesigen Datenspeicher. Er verfeinert permanent sein Wissen und seine Bewegungen.«

»Was meinen Sie damit?«, fragt Julius.

»Die Grundbewegungen sind programmiert. Er ist wie ein kleines Kind. Am Anfang sind die Bewegungen unbeholfen wie bei einem Kind. Aber er ist lernfähig und kann seine Bewegungen selbstständig verfeinern. Wenn Sie einen Butler mit gutem Benehmen brauchen, dann können Sie ihm ein Benehmen nach Ihren Vorstellungen beibringen. Oder wie wäre es mit einem Klavierspieler? Sie können den 6000er so formen, wie Sie wollen«, erklärt der Mann und fragt dann höflich: »Darf ich Sie zu einem Getränk einladen?«

Wie aus dem Nichts erscheinen zwei hübsche Frauen und erkundigen sich höflich, was Emma und ihre Begleiter trinken möchten.

»Ich hätte gerne Prosecco «, bestellt Oma Emma. Julius, Fatima und Jasmin schließen sich an. Markus, Alex, Mary-Lou und Finn stehen ein wenig abseits und beobachten das Geschehen mit ernster Miene.

»Und was darf ich Ihren Bodyguards bringen?«, fragt die zweite Frau.

»Meine Bodyguards…? Äh, die trinken…«, stottert Oma Emma und dreht sich zu den Freunden um.

»Ich trinke zur Feier des Tages auch einen Prosecco«, sagt Mary-Lou. Die anderen schließen sich ihrer Bestellung an.

»Meine Freunde trinken auch Prosecco«, wiederholt Emma. Julius kann aus den Augenwinkeln sehen, wie Alex, Markus, Finn und Mary-Lou die Rolle des Bodyguards annehmen, sich breitbeinig hinstellen und die Arme verschränken. Mit versteinertem Gesichtsausdruck stehen sie beeindruckend da, als hätten sie in ihrem Leben nie etwas anderes getan, und beobachten das Geschehen.

»Woher wollen Sie wissen, dass das meine Bodyguards sind?«, fragt Emma.

»Haha, Sie scheinen zu scherzen. Wir haben bei keinem von Ihnen einen Chip lesen können und es gibt nur zwei Sorten von Menschen, die keinen Chip tragen. Die einen leben das Leben und brauchen keinen Chip. Sie würden sich so ein Ding nie einpflanzen lassen. Und die anderen haben ganz bestimmt keine Bodyguards… äääh… und bestimmt nicht so stattliche«, erklärt der Mann und schaut augenzwinkernd zu Alex hinüber.

»Ha, Sie haben uns entlarvt«, kommentiert Oma Emma selbstbewusst und genießt ihre neue Rolle sichtlich.

»Brauchen Sie den 6000-er als Diener? Der 6000-er ist

sogar fähig, Liebe zu machen.«

»Sie müssen es ja wissen«, sagt Emma. Der Mann schaut zu Boden und grinst verlegen.

»Sagen wir mal so, ich habe ihn hinreichend getestet.«

»Könnte ich den Androiden auch als Killer programmieren?«, fragt Jasmin.

»Nein, zu den Grundfunktionen gehört ein Ethikprogramm, das dem 6000-er verbietet, einen Menschen zu verletzen oder gar zu töten. Er hat auch ein Rechtsprogramm und wird deswegen auch nie kriminelle Handlungen begehen können. Auf diese Grundprogramme gibt es keinen Zugriff und sie können nicht verändert werden.«

»Können Sie ihn einmal einschalten?«, bittet Fatima.

»Das ist immer ein feierlicher Augenblick. Sie haben hier eine völlig jungfräuliche Maschine und könnten ihn von jetzt an nach Ihren Vorstellungen formen«, verkündet der Mann voller Stolz und öffnet eine kleine Klappe über dem Ohr des Menschenroboters. Dann drückt er auf einen Sensor. Kurze Zeit später öffnet der Menschenroboter die Augen und sagt mit einer wohltönenden Stimme:

»Guten Tag. Wie soll ich heißen?«

Emma schaut ihre Begleiter fragend an.

»Was haltet ihr von Tarzan?«, schlägt Fatima vor.

»Tarzan ist gut«, stimmt Emma zu. »O.K., du heißt von jetzt an Tarzan.«

»Und wer bist du?«, fragt der Roboter.

»Oh, ich bin... äh, Jane«, sagt Emma spontan.

»Tarzan«, befiehlt Fatima: »Hebe den Arm.« Augenblicklich hebt der menschenähnliche Roboter den Arm.

»Nun lauf bis zum Tresen und komm wieder zurück.«

Der Android geht mit erhobenem Arm auf den Tresen zu, an dem Herr Krüger noch immer auf einen Verkäufer wartet. Die Bewegungen sind durchaus menschenähnlich. Der Android geht bis zum Tresen, dreht sich ein wenig ungeschickt um und kommt zurück. Er zieht die Wangenmuskulatur ein wenig hoch, so dass ein leichtes Lächeln zu erkennen ist.

»Faszinierend«, sagt Julius.

»Du kannst den Arm wieder herunternehmen«, befiehlt Fatima und der Roboter gehorcht ihr.

»Wie lange hält der Akku?«, fragt Julius.

»Bei normaler Beanspruchung 48 Stunden«, erklärt der Verkäufer.

»Was heißt normale Beanspruchung?«

»Nun, wenn Sie ihn nicht ständig schwere Steine schleppen lassen. Bei Volllast hält der Akku rund 32 Stunden«, sagt der Verkäufer und fügt hinzu: »Aber für schwere Arbeiten ist er viel zu schade, da nimmt man besser ein paar von dem Einwanderpack.«

»Einwanderpack?«, ertönt eine dunkle Frauenstimme von hinten.

»Oh… ah... sind ja nicht alle schlecht«, korrigiert sich der Mann stotternd. In diesem Augenblick kommen die beiden Frauen mit einem Tablett und verteilen Gläser an die Gäste.

»So jetzt trinken wir erst einmal einen Prosecco«, sagt der Verkäufer und hebt das Glas. »Auf Tarzan.«.

»Und, wie gefällt Ihnen der 6000er«, möchte er wenig später wissen.

»Nun ja, das ist in so kurzer Zeit schwer zu sagen«, räumt Oma Emma ein.

»Sie können ihn ja einmal für ein paar Stunden ausleihen«, schlägt der Verkäufer vor. »Ich bräuchte nur Ihre Personalien und dann können Sie ihn einmal testen.«

»Ach, wissen Sie, wir sind nur ein paar Stunden hier, und wenn ich Ihnen jetzt meinen Namen verrate, dann sind in ein paar Minuten wieder die Paparazzi hinter jedem Baum. Nein, ich bleibe lieber unentdeckt«, sagt Emma. Julius muss über ihre Chuzpe schmunzeln.

»Das kann ich verstehen. Ich versichere Ihnen, dass ich Ihre Identität vertraulich behandele. Wie darf ich Sie denn nennen?«, fragt der Verkäufer.

»Na gut», willigt Oma Emma zaghaft ein. »Sie dürfen mich Emma von Großenbaum nennen.«

»Also, Frau Emma von Großenbaum, hätten Sie denn Lust, den 6000er für ein paar Stunden zu testen?«, fragt der Verkäufer.

»Wir sind nur heute in der Stadt und werden uns heute Nachmittag schon wieder auf den Heimweg begeben«, wiederholt Emma.

»Wie wäre es, wenn Sie ihn jetzt einfach ein paar Stunden mitnehmen? Sie werden ihn nicht mehr hergeben wollen.«

»Haben Sie denn keine Angst, dass wir ihn einfach mitnehmen?«, fragt Jasmin nach.

»Nein, nein, der 6000er hat ein GPS-System eingebaut, so dass ich ihn zu jeder Zeit aufspüren kann. Außerdem habe ich hier ein kleines Tablet, das nur der Besitzer erhält. Es ist etwa so wie der Fahrzeugbrief beim Auto. Per Tablet kann ich dem 6000er zu jedem Zeitpunkt Befehle erteilen. Ich kann ihm also jederzeit befehlen, nach Hause zu kommen.«

»Er könnte unsere Tüten tragen«, schlägt Fatima vor. »

Das wäre bestimmt lustig«, meint Julius. »Was soll der

Android eigentlich kosten?«, fragt Fatima.

»Ach, darüber reden wir, wenn Sie ihn wieder hier abliefern«, schlägt der Verkäufer vor.

»Und es entstehen keine Kosten, wenn wir ihn uns ausleihen?«, fragt Emma.

»Wenn Sie ihn heute wiederbringen, entstehen keine Kosten. Aber – Sie werden ihn haben wollen«, meint der Verkäufer selbstbewusst.

»Also gut. Wir bringen ihn heute Nachmittag wieder«, willigt Emma ein.

»O.K. Aber wenn Sie ihn jetzt mitnehmen wollen, bräuchte ich doch zumindest eine Unterschrift“, sagt der Mann und läuft mit erhobenen Händen nach hinten. Kurze Zeit später kommt er mit einem Formular und einem Stift in der Hand zurück, die er auf einen kleinen Stehtisch neben den Robotern legt.

»Immer diese Formulare. Welchen Namen soll ich eintragen?«

»Emma von Großenbaum«, sagt Emma und hebt den Kopf im Profil, als wolle sie ihre edle Herkunft unterstreichen.

»Und welchen Wohnort darf ich angeben?«

»Sie dürfen Gelsenkirchen schreiben«.

Der Verkäufer zieht eine Augenbraue hoch und fragt nach: »Soll ich hier wirklich Gelsenkirchen eintragen?«

»Was ist an Gelsenkirchen auszusetzen?«, fragt Emma zurück.

»Also gut. Ich trage Gelsenkirchen ein. Hm. Dann bekomme ich noch hier eine Unterschrift und wünsche viel Spaß mit unserem 6000er«, sagt der Mann und unterschreibt das Formular ebenfalls. »Passen Sie gut auf meinen Androiden auf!«

»Müssen wir noch etwas beachten?«, fragt Julius.

»Das Grundprogramm müsste für eine normale Benutzung ausreichen«, erklärt der Verkäufer.

»Also gut... dann los... Tarzan, wir gehen!«, beschließt Emma. Als sie die Ausgangstür erreichen, bleibt Tarzan stehen.

»Tarzan, geh durch die Tür«, befiehlt Fatima.

»Wie soll ich die Tür öffnen?«, fragt Tarzan mit wohlklingender Stimme.

»Ich mach es dir vor«, sagt Fatima und drückt die Türklinke herunter.

»Ahh...«, sagt Tarzan und folgt Fatima durch die Tür. Mary-Lou, Markus und Finn schauen dem Verkäufer noch einmal ernst in die Augen und verlassen ebenfalls den Laden.

DÜSSELDORF UND TARZAN

Die Freunde folgen Emma und bummeln die Einkaufsstraße in Richtung Promenade entlang. Der Android-Verkäufer schaut ihnen vor der Tür noch einige Sekunden nach und kehrt dann wieder in sein Geschäft zurück.

»Komm her, mein stattlicher Bodyguard«, sagt Fatima und nimmt Finn in den Arm.

»Ich hoffe, ihr nehmt es mir nicht übel, dass ich euch als meine Bodyguards missbraucht habe, aber die Gelegenheit war einfach zu verlockend«, entschuldigt sich Oma Emma und lacht.

»Aber wir sind doch deine Bodyguards«, sagt Alex.

»Was Klamotten doch ausmachen...«, sinniert Markus.

»Ich hätte nie gedacht, dass uns jemand für deine Bodyguards halten könnte«, meint Finn. Jasmin nimmt Markus an die Hand.

»Ich bin stolz, dass du ein so wunderbarer, stattlicher Bodyguard bist.« Sie nimmt ihn in den Arm.

»Also ich finde es toll, eine so beeindruckende Truppe an meiner Seite zu haben«, lobt Oma Emma die Freunde.

»Vielleicht ist es gar nicht so falsch, wenn wir das Spiel mit der reichen Emma von Großenbaum weiter spielen«, schlägt Julius vor.

»Es könnte uns vielleicht einige Türen öffnen.«

»Könnte lustig werden«, bestätigt Finn.

»Also gut. Mary-Lou, Finn, Alex und ich sind Bodyguards und ihr die Promis«, überlegt Markus.

»Julius Fatima und Jasmin, ihr seid meine Kinder. O.K.?«,

schlägt Emma vor.

»Wie soll ich deine Tochter sein?«, fragt Fatima.

»Wieso? Kann doch sein. Ach, dann bist du eben meine Stiefschwester. Ist doch lustig«, scherzt Jasmin.

»O.K., dann bin ich deine Tochter. Mama, das wird lustig«, scherzt Fatima.

Der Android geht wie ein Hund neben Oma Emma her, die vorangeht. Als sie einen Bogen nach rechts macht, folgt ihr der Android, ebenso als sie nach links abbiegt. Der Android bleibt immer an ihrer Seite. Plötzlich bleibt sie stehen und die Maschine ebenfalls.

»Tarzan, ich möchte, dass du auf einem Bein stehst«, sagt Emma und der Android hebt ein Bein an und lächelt sie an. Einige Menschen, die ihnen entgegenkommen, mustern die Freunde und den menschenähnlichen Roboter aufmerksam. Viele haben einen Hund an der Leine; ein operierter Rüde mit außergewöhnlichen Hodenimplantaten ist aber nicht darunter. Dafür kommen ihnen Menschen entgegen, die einen Verband oder ein Pflaster im Gesicht tragen. Es muss sich also eine Schönheitschirurgie in der Nähe befinden, überlegt Julius. Damit lässt sich wohl mehr Geld verdienen als mit der Heilung. Die Menschen streben das von der Modebranche vorgelebte Schönheitsideal an, um sich in bestimmten Kreisen wohlzufühlen, und das hat dazu geführt, dass sich in gehobenen Gegenden vermehrt Schönheitschirurgen niedergelassen haben. Doch die Menschen ließen sich lieber im Ausland operieren, wo es billiger ist. Die Chirurgen unterboten sich gegenseitig und gingen schließlich dazu über, ganze Schönheitspakete anzubieten. Nun ist es möglich, sich mit nur einer Narkose Nase und Brust gleichzeitig operieren lassen. Seit einiger Zeit ist es ja der neuste Schrei, dass sich Männer dickere Hoden einbauen lassen. Dann werden die Schönheitschirurgen ja noch einen kleinen finanziellen Boom mit Hodenimplantaten erleben, denkt Julius amüsiert.

Die Freunde schlendern durch die bunte Einkaufspassage an den vielen Boutiquen und kleinen Geschäften vorbei. Bei den meisten handelt es sich um große, versteckte Ketten, die effektiv und gewinnorientiert arbeiten müssen, um auf dem Markt bestehen zu können. Jasmin bleibt vor einem Geschäft mit Hüten stehen. Für den Preis dieses Hutes könnte ich mich für mindestens ein Jahr mit Überlebenseinheiten eindecken, denkt Julius. Die Passage ist gut besucht, für Julius ein ungewohntes Bild, denn in Gelsenkirchen sind nur wenige Menschen auf den Straßen unterwegs.

Als sie weitergehen, kommt ihnen eine große Frau mit hochgegeltem Haar entgegen. Ihre rosafarbene Kleidung passt genau zu ihrer Haarfarbe. Selbst die hochhackigen Schuhe haben den gleichen Farbton. Neben ihr läuft ein großer Windhund, dessen Frisur und Fellfarbe eine verblüffende Ähnlichkeit mit der von Frauchen hat. Stolz, mit festem Schritt, geht die Frau an der Gruppe vorbei. Wenig später kommen ihnen zwei junge, asiatisch wirkende Frauen entgegen, deren Gesichter sich verblüffend ähneln. Sie tragen einheitlich blonde Zöpfe und die gleichen schwarzen Brillen. Die Gesichter erinnern an die von Puppen und die beiden identischen Kleider an Puppenkleider. Die Lackschühchen und sogar die bunten, bis zum Knie hochgezogenen Socken sehen völlig gleich aus. Im Gleichschritt marschieren die beiden Frauen an der Gruppe vorbei. Julius fällt auf, dass die Menschen auf der Einkaufsmeile im Gegensatz zu denen in

Gelsenkirchen außergewöhnlich bunte Kleidung tragen, die irgendwie schrill wirkt. Viele Passanten, die ihm entgegenkommen, sind skurril gestylt. Wenig später beobachtet Julius, wie eine Hundebesitzerin ihren Hund auf den Bordstein kacken lässt, den Arm hebt und von oben auf den Haufen deutet. Wenige Momente später kommt ein Mann in einer Ranger-Uniform angelaufen und entfernt die Exkremente mit einer Kacke-Kehrschaufel. Die Frau drückt den Mann etwas in die Hand und geht weiter.

Dann kommen sie an einer kleinen Bratwurstbude vorbei, in der ein Mann hinter einer Glasscheibe in einem winzig kleinen Geschäft steht und ein paar Würste auf einem kleinen Rost brät. Über dem Geschäft ist ein Schild angebracht: *„Die Schlemmerwurst"*. Der Verkäufer trägt eine weiße Kunststoffkappe mit einem Mundschutz vor dem Gesicht, so dass nur seine Augen zu sehen sind, dazu eine langärmlige weiße Kunststoffschürze und weiße Gummihandschuhe. Als ob er in einem Labor mit hochansteckenden Viren arbeiten würde, denkt Julius. Wenig später kommt ihnen eine Frau in einem schwarzen Latexanzug und schwarzen, blank polierten Stiefeln mit einer Leine in der Hand entgegen. Im Halsband steckt der Hals einer weiteren Frau, die ebenfalls in einem Latexanzug steckt und wie ein Hund auf allen Vieren läuft. Ihr Anzug hat nur eine Öffnung für Augen, Nase und Mund. »Verrückte Welt«, sagt Fatima. Dann plötzlich ist es so weit: Vor ihnen geht eine Frau mit einem Boxer, der wie ein Cowboy läuft, der zu lange im Sattel gesessen hat. Er hat O-Beine, damit für sein überdimensionales Gehänge genügend Platz ist. Die Dinger baumeln wie riesige Gewichte zwischen den Beinen des Tieres. Eine zierliche Frau im weißen Hosenanzug und weißen Handschuhen zieht es an kurzer Leine neben sich her. Oma Emma bleibt verblüfft mit offenem Mund stehen.

»Es ist also wahr!«

»Das ist echt krank«, stellt Fatima fest.

»Das arme Vieh«, äußert Jasmin. Wenig später verschwindet die Frau mit ihrem Hund in einem tempelähnlichen Gebäude.

»Die Welt ist verrückt geworden. Es gibt sie also wirklich! Ich wollte es nicht glauben«, sagt Oma Emma und starrt auf den Eingang, durch den die Frau mit dem Boxer gegangen ist. Der Eingang des Sandsteingebäudes ist über eine breite Treppe zu erreichen. Ein Vordach erstreckt sich über den Vorhof, der von zwei Meter hohen Hundeskulpturen bewacht wird.

»Was ist das?«, fragt Emma.

»Das sieht aus wie ein Tempel«, meint Julius.

»Aber es ist kein normaler Tempel«, vermutet Mary-Lou.

»Vielleicht ist das eine Kirche, in die auch Hunde hineindürfen«, überlegt Jasmin.

»Zusammen beten mit dem besten Freund, dem Hund«, scherzt Julius.

»Ich kann aber nirgendwo irgendwelche religiösen Symbole erkennen«, sagt Mary-Lou. »

Ich glaube, das ist ein Hundepuff«, überlegt Fatima.

»Hundepuff?«, wiederholt Finn ungläubig. »Wer kommt denn auf die Idee, einen Hundepuff zu eröffnen?«

»Schau dir mal den Tempel an, anscheinend lässt sich mit dieser Einrichtung eine Menge Geld verdienen«, überlegt Julius.

»Wenn ich mich einmischen darf, ich habe gerade online nachgeschaut. Es handelt sich hier um eine Wellness-Oase für Hunde«, mischt sich Tarzan in das Gespräch ein.

»Wellness-Oase für Hunde?«, wiederholt Jasmin verblüfft.

»Gibt es dort Geschlechtsverkehr unter Hunden?«, fragt Fatima Tarzan.

»Es wird eine Vielzahl von reinrassigen kräftigen gesunden Rüden oder Hündinnen zur Besteigung zur Verfügung gestellt. Die Besteigung kann von Frauchen oder Herrchen begünstigend unterstützt werden. Im Gebäude befindet sich auch ein Schwimmbad für Hunde. Eine Vollkörpermassage und eine Rückenmassage für Hunde werden ebenfalls angeboten. Es gibt ein Hunde-Restaurant mit besonderen Speisen, aber auch Hunde-Cocktails. In diesem Gebäude ist die Notdurft der Tiere in jedem Bereich erlaubt. Es gibt Reinigungskräfte, die eine permanente Sauberkeit garantieren. Soll ich fortfahren?«, fragt Tarzan und lächelt.

»Das ist unfassbar«, sagt Finn.

»Also, ich habe genug gehört«, sagt Emma.

»Kommt, ich lade euch zu einem Kaffee auf der Rheinpromenade ein«, beschließt Markus.

»Ich bin hier Frau Emma von Großenbaum, und ich lade euch ein«, sagt Emma stolz. »Apropos – ich habe wirklich einen Adelstitel. Ich kann mich noch an unser großes Haus erinnern. Mein Vater, Rembert von Großenbaum, sprach damals oft von der Würde des Menschen, die unantastbar sei. Ich verstand natürlich damals als kleines Mädchen noch nicht, was er meinte. Wir hatten viele Angestellte, und ich glaube, dass mein Vater bei ihnen sehr beliebt war. Als er dann im Krieg starb, mussten wir aus unserem schönen Haus ausziehen. Heute glaube ich, dass sich mein Vater gegen die Nazis gestellt hatte. Und somit habe ich nicht geflunkert: Der Titel ist echt, in mir fließt tatsächlich blaues Blut«, outet sich Emma.

»Oma Emma, du erstaunst mich immer wieder«, sagt Alex. Als sie die Straße überqueren wollen, um die Rheinpromenade zu erreichen, bleibt Tarzan plötzlich an der Bordsteinkante stehen.

»Was ist denn, Tarzan?«, fragt Oma Emma.

»Ich kann hier nicht über die Straße gehen«, sagt Tarzan.

»Ja, aber warum denn nicht?«, ruft Oma Emma, die sie bereits überquert hat.

»Laut Straßenverkehrsordnung darf ich eine Straße nur an einer Ampel oder an einem Zebrastreifen überqueren«, erklärt der Android und lächelt Oma Emma an.

»Aber hier gibt es keine Ampel und auch keinen Zebrastreifen«, versucht Oma Emma ihm zu erklären.

»Los, komm, Tarzan, das geht schon in Ordnung«, sagt Fatima.

»Ich bin zu keiner kriminellen Handlung fähig«, beharrt Tarzan auf der anderen Straßenseite.

»Also, die nächste Ampel ist kilometerweit entfernt und an einen Zebrastreifen kann ich mich überhaupt nicht erinnern. In diesem Fall dürfen wir die Straße einfach so überqueren«, versucht Markus Tarzan zu überreden.

»Ich kann hier nicht über die Straße gehen«, erklärt Tarzan zum zweiten Mal.

»Ja, aber was machen wir jetzt?«, fragt Jasmin.

»Wir könnten ihn einfach hinübertragen«, schlägt Alex vor.

»Wie schwer bist du, Tarzan?«, ruft Finn herüber.

»Ich wiege 139,42 Kilogramm«, antwortet Tarzan und lächelt.

»Also, als Erstes müssen wir das Lächeln verändern«, sagt Markus und schaut in die Runde.

»Ich bin dafür, dass er seine Mundwinkel nach unten zieht«, schlägt Fatima vor.

»Ist mir egal. Hauptsache er hört auf zu lächeln«, sagt Markus.

»Also, Tarzan, ab jetzt sieht Lächeln für dich so aus«, erklärt Fatima und macht einen Gesichtsausdruck wie ein kleines Mädchen, das gerade beim Bonbonklauen erwischt wurde.

»Soll ich wirklich so gucken, Jane?«, fragt der Android Oma Emma.

»Ja, du sollst genau so gucken«, bestätigt Oma Emma. Als sie in das traurig aussehende Gesicht Fatimas blickt, muss sie lachen. Fatima versucht angestrengt, ihren Gesichtsausdruck zu halten. Die Freunde schauen sie an und brechen in lautes Lachen aus. Fatima kann dem Druck nicht standhalten, und aus dem traurigen Gesicht wird wieder ihr bekanntes freundliches, lustiges. Nur der Android auf der anderen Straßenseite guckt traurig drein.

»Fatima und traurig gucken, das ist so, als wollte man ein Schwein zum Fliegen bringen«, sagt Markus. Als sie den Androiden auf der anderen Straßenseite betrachten, müssen sie wieder lachen.

»Schaut mal, wie traurig er gucken kann«, scherzt Julius.

»Also gut, wir tragen ihn herüber«, rät Alex. »Mit vier Mann müssten wir es eigentlich schaffen.«

»Eigentlich sollte er doch unsere Einkaufstüten tragen

und jetzt müssen wir ihn tragen«, mokiert sich Mary-Lou.

»Ist wohl doch nicht so ausgereift«, lästert Julius.

»Ich sag's doch... Jetzt schleppen wir die Maschinen«, stänkert Markus.

»Du meinst, das Lebendmaterial schleppt die Maschinen«, verbessert Fatima und grinst. Als sie sich gerade auf den Weg machen wollen, um den Androiden zu holen, hören sie aus der Ferne ein dumpfes Grummeln und das Geräusch quietschender Reifen.

DER UNFALL

Das Grummeln schwillt zu einem lauten, dumpfen Trompeten an. Das Geräusch kommt aus dem Achtzylindermotor eines roten Ferrari, unterstützt von der Zwölfzylindermaschine eines weißen Lamborghini hinter ihm. Sekunden später rast der Ferrari an ihnen vorbei. Der Lamborghini kommt in der leichten Linkskurve vor den Freunden ins Schleudern, sein Heck bricht aus, rutscht auf den Androiden zu und reißt ihn mit. Dann bleibt der Lamborghini rauchend vor einem Baum stehen.

»Du meine Güte«, schreit Jasmin.

Die Tür des Sportwagens öffnet sich nach oben und ein junger Mann in eleganter Kleidung steigt laut fluchend aus. Julius schätzt ihn auf maximal zwanzig Jahre. Geschockt stehen die Freunde am Straßenrand.

»Da ist ja noch jemand im Wagen.«, stellt Mary-Lou erschrocken fest.

Der Fahrer des Lamborghini steht fluchend vor seinem Auto und nimmt den Schaden in Augenschein, während er mit seinem Handy herumfuchtelt und telefoniert. Mary-Lou hat inzwischen die Beifahrertür erreicht, kann sie jedoch nicht öffnen, denn sie ist völlig verklemmt. Auch Alex gelingt es nicht, die Autotür zu öffnen.

Plötzlich steht ein ramponierter Tarzan neben ihnen. Seine Hose ist zerrissen und seine Haare sind durcheinandergeraten.

»Darf ich es auch mal versuchen?«, fragt er mit seiner wohlklingenden Stimme.

»Gern«, sagt Mary-Lou. Anstatt jedoch die Tür zu öffnen, reißt Tarzan sie komplett vom Auto ab und stellt sie dann vorsichtig daneben auf den Boden. Der Fahrer schaut ihn böse an.

»Wissen Sie, was das Auto kostet?«

»Oh, habe ich etwas Falsches getan?«, fragt Tarzan und schaut Oma Emma traurig an.

»Nein, du hast alles richtig gemacht«, sagt Emma, die sich zu der bewusstlosen, blutverschmierten jungen Frau ins Auto beugt. »Ich fühle keinen Puls«, stellt sie fest. Dann überprüft sie die Atmung. »Wir müssen sie schnell aus dem Auto holen,« Mary-Lou und Alex tragen die junge Frau vorsichtig aus dem Sportwagen und legen sie auf den Boden.

»Haben Sie einen Krankenwagen bestellt?«, fragt Markus den Fahrer des Rennwagens.

»Hilfe ist unterwegs«, bestätigt dieser und fasst sich an die Nase.

»Ich verfüge über ein gehobenes Erste-Hilfe-Programm. Darf ich einmal schauen?«, fragt Tarzan.

»Geht es dir denn gut, ääääh, funktionierst du richtig?«, fragt ihn Fatima.

»Ich funktioniere innerhalb der vorgeschriebenen Toleranzwerte. Demnach geht es mir also gut.«

»Was schlägst du vor?«, fragt Emma.

»Bitte treten Sie zurück. Ich reanimiere.« Der Android hält seine Hände auf den Brustkorb der Frau, die augenblicklich zusammenzuckt.

»Der Puls ist wieder vorhanden und regelmäßig. Ich unterstütze jetzt die Atmung«, sagt der Android und beugt sich über den Mund der Frau, um sie zu beatmen. Julius kann aus den Augenwinkeln beobachten, wie sich der Fahrer des Lamborghini ins Auto setzt und sich durch ein Röhrchen ein weißes Pulver in die Nase zieht.

»Ich muss zugeben, es ist ein glücklicher Zufall, dass wir den Androiden dabei haben«, überlegt Fatima laut.

»Wir sind bis jetzt auch ohne klargekommen«, entgegnet Markus. Nach einigen Minuten meldet der Android:

»Atmung des Patienten jetzt stabil und selbständig. Untersuche jetzt innere Verletzungen.«

Er bewegt seine Hände einige Zentimeter über dem Frauenkörper hin und her.

»Bitte warten, ich scanne... bitte warten... bitte warten... Scanvorgang sechzig Prozent... bitte warten... Scanvorgang achtzig Prozent... bitte warten... Scanvorgang abgeschlossen.« Er schaut in die Runde und berichtet:

»Patient hat einen gebrochenen Arm, eine Bursitis und einige leichte Blutergüsse unterhalb der Waden.«

»Was ist eine Bursitis?«, fragt Mary-Lou.

»Eine Schleimbeuteleröffnung, die infolge eines Sturzes auftreten kann«, erklärt Oma Emma.

»Die Genesungswahrscheinlichkeit liegt bei 89 Komma drei Prozent«, diagnostiziert der Android.

»Wie geht es Ihnen? Haben Sie sich verletzt?«, fragt Fatima den Mann im Sportwagen.

»Mir geht es gut«, lautet die knappe Antwort.

Plötzlich fährt eine schwarze Limousine vor, und ein Mann in einem anthrazitfarbenen Anzug steigt aus. Er schaut sich kurz um und geht dann auf den jungen Mann im Lamborghini zu. Doch noch bevor er etwas sagen kann, wird er schon vom Fahrer des Lamborghini beschimpft:

»Wo warst du so lange? Ich warte hier schon eine halbe Ewigkeit.«

»Entschuldigung, Herr Prof. Dr. von und zu Heinau, ich bin sofort nach Ihrem Anruf losgefahren. Geht es Ihnen gut?«, fragt der Mann besorgt.

»Schwatz´ nicht, lass uns hier endlich verschwinden.«

»Moment«, mischt sich Markus ein. »Was ist mit unserem ramponierten Androiden hier und mit der verletzten Frau?«

»Ich werde mich hier um alles kümmern. Herr Prof. Dr. von und zu Heinau muss zu einer wichtigen Besprechung«, erklärt der Mann im Anzug.

»Das ist mein Agent Herr Dr. Muss. Er wird sich um alles kümmern«, bestätigt der Lamborghini-Fahrer und startet den Motor. Markus versucht ihn noch aufzuhalten, doch es ist zu spät, der junge Unfallfahrer fährt bereits mit quietschenden Reifen davon.

»Das ist Unfallflucht«, ruft Fatima empört.

»Meine Dame, ich werde mich um alle Unannehmlichkeiten kümmern«, erwidert Dr. Muss. Plötzlich fährt ein großes SUV vor, gefolgt von einem Krankenwagen, aus dem hastig zwei Männer springen und zu der verletzten Frau eilen. Aus dem SUV steigen zwei große, muskulöse Männer in schwarzen Anzügen, stellen sich breitbeinig mit verschränkten Armen vor den Geländewagen und checken die Umgebung. Einer von ihnen öffnet die hintere Tür des Wagens, und ein etwa siebzigjähriger Mann in einem hellen Anzug steigt aus. Mary-Lou, Finn und Alex stehen jetzt auch mit verschränken Armen breitbeinig neben dem Androiden und beschützen Emma und ihre Sippe. Der alte Mann geht auf die Gruppe zu, gefolgt von den Herren in den schwarzen Anzügen, und sagt:

»Aber meine Damen und Herren, wir werden hier alle Probleme beseitigen.« Dann wendet er sich an Herrn Dr. Muss: »Wer ist denn hier alles zu Schaden gekommen und wie können wir helfen? Was ist mit der verletzten Frau?«

»Wir haben sie versorgt. Unser Android hat sie wiederbelebt«, informiert ihn Emma.

»Wiederbelebt?«, fragt der Mann im hellen Anzug nach.

»Unser Android hat sie reanimiert und dann beatmet«, erläutert Emma.

»Ich habe die Frau auch gescannt und einen Schadensbericht angefertigt. Ihre Genesungswahrscheinlichkeit liegt bei 89 Komma vier Prozent. Sage ich das so richtig?«, fragt der Android und schaut traurig drein.

»So ist alles richtig«, bestätigt Fatima. In der Zwischenzeit haben die Männer aus dem Rettungswagen die Frau auf eine Trage gelegt und in den Ambulanzwagen verfrachtet. Während einer von ihnen die Trage sichert und die Türen des Krankenwagens schließt, tritt der andere zu der Gruppe und informiert sie:

»Der Patientin geht es den Umständen entsprechend gut. Wir fahren jetzt zur Uniklinik.« Er geht zurück zum Rettungswagen, steigt ein und der Wagen fährt davon.

»Sie haben sie also gerettet. Gott sei Dank!«

»Ich bin mit einen umfangreichem Erste-Hilfe-Programm ausgestattet«, sagt der Android.

»Faszinierend. Ist er das neue Modell des 6000er? Ich dachte, die kommen erst nächsten Monat auf den Markt«, sinniert der Mann im hellem Anzug.

»Ich existiere seit einer Stunde, 56 Minuten und 16 Sekunden.«

»Ach, und schon kaputt«, sagt der alte Herr. »Ein Jammer. Dr. Muss, haben Sie den Schaden schon beglichen?«

»Können Sie mir sagen, wie hoch der Schaden ist?«, wendet sich Dr. Muss an Emma.

»Wir müssen den Androiden wahrscheinlich erst in die Werkstatt bringen, um den Schaden zu ermitteln«, meint Jasmin.

»Ich kann die Beschädigungen sofort berechnen und den Betrag, sobald ich die Kontodaten erhalte, direkt abbuchen«, mischt sich der Android in das Gespräch ein.

»Ja, wenn das so ist und Sie nichts dagegen haben, würde ich gerne schon einmal den Schaden begleichen«, schlägt Herr Dr. Muss vor und holt eine Kreditkarte aus der Tasche.

»Das klingt akzeptabel. Trotzdem müssen wir den Androiden auf mögliche Mängel überprüfen lassen und brauchen noch Ihre Kontaktdaten«, sagt Fatima.

Herr Muss hält dem Androiden die Kreditkarte hin. Der Android hält kurz seine Hand darüber.

»Erledigt.«

»Entschuldigen Sie, ich habe mich noch gar nicht vorgestellt«, sagt der Mann im hellen Anzug. »Ich bin Herrn von und zu Heinaus Vater. Mein Name ist Arnd Prof. Dr. Dr. von Heinau«, stellt sich der Mann im hellen Anzug freundlich vor und hält Oma Emma die Hand hin.

»Mein Name ist Emma von Großenbaum, das ist mein Sohn und dies sind meine Töchter«, schwindelt Oma Emma skrupellos. Julius bemerkt ein sekundenlanges breites Grinsen in Fatimas Gesicht. Auch bei den anderen hat sich der Gesichtsausdruck kurz verändert. Nachdem der Mann auch Emmas Begleitern die Hand gereicht hat, sagt Emma: »Und da bei uns ansonsten niemand zu Schaden gekommen ist, würden wir gerne weitergehen.«

»Darf ich fragen, wohin Sie möchten?«, fragt der Mann höflich.

»Meine Begleiter und ich wollen in Düsseldorf die dicken Eier sehen«, erklärt Emma, ohne mit der Wimper zu zucken.

»Die dicken Eier?«, wiederholt der Mann und glaubt, nicht richtig gehört zu haben. Er fängt sich aber sofort wieder und fügt bedauernd hinzu: „Es tut mir leid, dass Ihr erster Ausflug mit Ihrem Androiden so unangenehm war.«

»Nun ja, so konnte der Android mal zeigen, was er kann«, meint Jasmin.

DIE EINLADUNG

»Falls Sie und Ihre Begleiter heute Abend noch nichts vorhaben, würde ich Sie als kleine Entschädigung für die Unannehmlichkeiten gern zu unserer kleinen Benefizveranstaltung zur Erhaltung der Wasserschildkröten auf Schloss Hugenpott einladen. Es handelt sich um eine Veranstaltung in mittelalterlichen Gewändern, bei der wir ganz unter uns sind«, schlägt Prof. Dr. Dr. von und zu Heinau vor.

»Bedauerlicherweise haben wir gerade keine mittelalterlichen Gewänder im Gepäck«, bemerkt Fatima sarkastisch,

»Das ist kein Problem. Wir verfügen über eine Kleiderkammer mit jeder Menge Gewänder und ausgebildete Gewandschneiderinnen. Unsere Näherinnen sind absolute Profis. Sie werden Ihnen schnell ein schickes Gewand anfertigen.«

»Vielen Dank für die Einladung, aber wir werden nun weitergehen«, erwidert Jasmin.

»Oh, nein, meine Liebe, wir sollten uns das Angebot überlegen«, schlägt Oma Emma vor. »Was meint ihr?«, fragt sie in die Runde.

»Ich finde, das ist eine gute Idee«, sagt Fatima.

Die andern nicken ihr zu.

»Also gut. Dann ist es beschlossene Sache.«

Herr von und zu Heinau wendet sich Herrn Dr. Muss zu:

»Sie kümmern sich bitte darum, dass es unseren Gästen an nichts fehlt.«

Der alte Mann im hellen Anzug schüttelt jedem zum Abschied die Hand.

»Ich muss jetzt weiter. Herr Dr. Muss kümmert sich um

die Einzelheiten. Ich freue mich auf Sie. Also bis später. Wir sehen uns heute Abend, und dann erzählen Sie mir doch, was es mit den dicken Eiern auf sich hat. Ich bin sehr gespannt«, sagt Prof. Dr. Dr. von und zu Heinau. Er steigt mit den beiden Herren im schwarzen Zwirn in den mächtigen Geländewagen ein, der wahrscheinlich noch nie ein Gelände gesehen hat, und fährt davon.

»Die Benefizveranstaltung beginnt ungefähr in eineinhalb Stunden. Die Fahrt bis zum Schloss dauert fast eine Stunde. Ich könnte Sie dort hinbringen lassen. In unserem Fuhrpark befindet sich ein Luxusliner, in dem Sie alle bequem Platz finden. Wenn Sie möchten, könnte ich Ihnen aber auch zwei Limousinen beschaffen«, erklärt Dr. Muss.

Während er spricht, kommt ein Abschleppwagen und hält neben dem Lamborghini. Ein Mann springt aus dem Schlepper und beginnt den Sportwagen aufzuladen.

»Ich quetsche mich doch nicht zusammen mit meinen Begleitern in einen Lieferwagen wie in eine Sardinenbüchse«, schimpft Oma Emma.

»Bitte verstehen Sie das Angebot nicht falsch. Unser Luxusliner ist mit allen Annehmlichkeiten ausgestattet. Aber wie gesagt, Sie können auch zwei Limousinen bekommen.«

»Ich hätte aber gerne eine Limousine und den Luxusliner für meine Begleiter«, wünscht sich Oma Emma.

»Das ist kein Problem«, willigt Dr. Muss ein.

»Aber wir müssen noch unseren Androiden zur Werkstatt bringen", wendet Jasmin ein.

»Ach ja, stimmt! Also, Sie holen uns hier ab, fahren uns mit dem Androiden zur Werkstatt und dann weiter zum Schloss«, bestimmt Oma Emma.

»Ich kann auch alleine zum Androiden-Shop gehen«, meldet sich Tarzan zu Wort.

»Tarzan, bist du wirklich sicher, dass du allein zurückfindest?«, fragt ihn Emma.

»Ja, das ist kein Problem«, erwidert Tarzan mit seiner wohltönenden Stimme.

»Da unser Android alleine zum Androiden-Shop laufen kann, können Sie uns die Wagen in einer halben Stunde zur Rheinpromenade schicken«, meldet sich Markus zu Wort.

»O.K. Die Wagen werden in einer halben Stunde dort auf Sie warten«, willigt der Mann ein und deutet auf eine Parkbucht. Dann verabschiedet er sich und geht mit dem Handy am Ohr die Straße entlang zum nächsten Taxistand.

»Ja, mein lieber Tarzan. Nun endet unsere gemeinsame Zeit«, sagt Oma Emma. Die Wolken malen ein Bild an den Himmel und die Sonne erleuchtet Tarzans trauriges Gesicht. Er schaut immer noch so, wie er es von Fatima gelernt hat.

»Du weißt, wo du hinmusst?«, fragt Oma Emma. Tarzan nickt traurig mit dem Kopf. Dann winkt der Menschenroboter ein wenig abgehackt mit den Armen und sagt:

»Ich werde dich nie vergessen, Jane. Es war eine schöne Zeit mit dir«. Tarzans strubbelige Kunsthaare glänzen in der Sonne und seine zerrissene Hose flattert im Wind.

»Ich werde dich auch nie vergessen«, antwortet ihm Oma Emma und winkt zurück. Der Abschied ist so herzzerreißend, dass einige Passanten stehenbleiben. Der Android dreht sich um und verschwindet in der Menschenmenge. Die Freunde sehen ihm noch lange nach. Dann gehen sie zur Rheinpromenade, um sich von Emma zu dem versprochenen Kaffee einladen zu lassen. Am Wasser herrscht ein mediterranes Klima. Gemütlich zotteln sie die Uferpromenade entlang, an Läden und Lokalen vorbei.

Die letzten Sonnenstrahlen färben den Horizont rot. Die beiden Wagen fahren über die Uferstraße und biegen in eine kleine Nebenstraße ein. Männer in Warnwesten öffnen eine Kette, die über die Straße gespannt ist, und lassen die Autos mit Oma Emma samt Begleitung passieren. Die Straße schlängelt sich einige Meter weit durch einen alten Mischwald. Sie fahren an einer Wiese vorbei, auf der zahlreiche Hubschrauber abgestellt sind, große, kleine und mittelgroße. Mittendrin stehen zwei gigantische Schwerlast-Helikopter mit je zwei großen Rotoren. Dann kommen sie an einem Parkplatz vorbei, auf dem Männer in Warnwesten imposante Limousinen in Parkbuchten einweisen. Dahinter ist eine mittelalterliche Grenzstation aufgebaut. Mittelalterlich gekleidete Grenzsoldaten winken sie durch. Langsam fahren sie auf das Torhaus des Schlosses zu. Einige Meter davor säumen brennende Fackeln den Straßenrand. Vor der heruntergelassenen Zugbrücke stehen zwei Männer in glänzender Ritterrüstung mit gekreuzten Hellebarden. Die beiden Wagen bleiben vor der Zugbrücke im Wendekreis stehen. Ein Mann im prachtvollen, mittelalterlichen Gewand kommt aus einer Hütte neben der Zugbrücke und öffnet die Türen der Autos.

»Familie von Großenbaum mit Begleitung. Sie werden bereits erwartet. Ich bin Ihr Vorsprecher«, sagt der Mann und hilft Oma Emma aus der Limousine. Nachdem alle ausgestiegen sind, verabschieden sich die Fahrer und fahren durch den Wendekreis zurück. Auf dem Torhaus wehen zwei große Banner mit dem Wappen des Schlossherrn im Wind. Das flatternde Geräusch der mächtigen Flaggen ist deutlich zu hören. Sie folgen dem Vorsprecher in Richtung Schloss. Als sie die beiden Ritter vor dem Torhaus erreichen, öffnen diese das Kreuz, das sie mit ihren Hellebarden gebildet haben, treten einen Schritt zur Seite und geben den Weg frei. Der Vorsprecher sowie Emma und ihre Begleitung gehen an den Rittern vorbei, und unmittelbar danach tritt die beeindruckende Wache wieder vor und kreuzt ihre Hellebarden mit einem metallischen Geräusch. Die mächtige Kulisse und die elitäre Darbietung rufen bei Finn eine beklemmende Unsicherheit hervor. Der Mann im prachtvollen mittelalterlichen Gewand führt sie über die Zugbrücke auf den Schlosshof.

Große knisternde Fackeln, die in der zweiten Etage an den Schlosswänden befestigt sind, beleuchten den Hof. Der Geruch von Feuer liegt in der Luft. Gaukler belustigen die Gäste. Ein Clown jongliert mit verschieden großen Objekten – Messer, Beile, Flaschen – und schneidet dabei lustige Grimassen. Er wirft die Gegenstände nicht nur hoch, sondern auch rückwärts und vorwärts. Am Rande des Schlosshofs steht ein Mann auf einer kleinen Bühne und speit beeindruckende Feuerfontänen in die Luft.

»Darf ich bitten?«, sagt der Vorsprecher, führt sie zu einem Nebengebäude und öffnet eine schwere Eichentür. »Hier befindet sich unsere Nähstube. Die Damen werden Ihnen bei Ihrer Garderobe weiterhelfen. Ich verlasse Sie jetzt und werde Sie hier wieder abholen, nachdem Sie eingekleidet wurden. Ich empfehle mich«, sagt der Mann und verlässt den Raum.

»Suchen Sie sich ein Gewand aus und wir passen es an

Ihre Körperform an. Kommen Sie bitte mit«, sagt eine stabile Frau mit wirrem Haar, die hinter einem Tresen steht. Sie gehen durch eine Flügeltür in den Nebenraum, in dem mehrere Frauen hinter Nähmaschinen sitzen. Die Näherinnen scheinen auf etwas zu warten.

»Das sind die Herrschaften, die wir einkleiden müssen«, sagt die stabile Frau. Sofort stehen die Frauen auf und beginnen die Freunde zu vermessen. Die Frau, die bei Julius Maß nimmt, sagt:

»Oh, ich glaube, ich habe für Sie ein wunderbares Prinzengewand, das noch nie getragen wurde. Ich habe es im letzten Jahr angefertigt, doch der Mann, für den ich es genäht hatte, hat ziemlich stark zugenommen, und so musste ich ihm ein anderes Kostüm nähen. Es ist eine der schönsten Arbeiten, die ich je gemacht habe. Noch niemand hat es zu Gesicht bekommen«, schwärmt die kleine, etwas unscheinbare Näherin.

»Aber doch wohl der Kunde, für den Sie es ursprünglich genäht haben?«, fragt Julius nach.

»Nein, ich habe es ihm nicht gezeigt. Er hätte mich als unfähig beschimpft. Da habe ich ihm lieber ein völlig neues Gewand genäht«, erklärt die Näherin.

»Dann bin ich ja mal gespannt«, meint Julius neugierig. Die Näherin geht mit ihm zu einem alten, eichenen Kleiderschrank und holt ein Gewand heraus. Auf den ersten Blick ist zu erkennen, dass der Stoff sehr wertig verarbeitet wurde. Der schlichte, zeitlose Schnitt mit den dezenten Farben gefällt Julius auf Anhieb.

»Das ist ein wunderbares Gewand«, lobt er.

Die kleine Frau lächelt übers ganze Gesicht. Er probiert das Kleidungsstück an, und es sitzt perfekt. Nicht nur, dass es sich gut anfühlt, es riecht auch nicht muffig wie die meisten alten Gewänder, sondern sehr angenehm.

»Das ist wirklich ein Meisterwerk. Ich bin froh, dass der ursprüngliche Kunde nicht hineingepasst hat«, stellt Julius fest.

»Ich auch«, erwidert die Näherin mit einem Lächeln im Gesicht. Julius schüttelt ihr die Hand:

»Ich bedanke mich für diese wunderbare Arbeit.«

»Für Sie jederzeit«, antwortet die Schneiderin freundlich und macht einen Knicks. Wenig später sind auch die anderen eingekleidet. Alle Gewänder sind aus edlen Stoffen und hochwertig verarbeitet, und die Freunde sind kaum wiederzuerkennen. Die Frauen haben Fächer und tragen interessante Hüte auf dem Kopf. Wenige Augenblicke später geht die Tür auf, der Vorsprecher tritt ein und sagt:

»Ich sehe, dass Sie eingekleidet sind. Bitte folgen Sie mir«. Sie gehen hinaus auf den Schlosshof, auf dem jetzt auch ein Geiger dezent die Ohren stimuliert, und folgen dem Vorsprecher zum Haupteingang. Zwei Diener in roter Uniform öffnen die breite, zweiflügelige Eingangstür des Schlosses und die Gruppe tritt ein. Im großen Saal hängen herrschaftliche große Kerzenleuchter, bestückt mit zahlreichen lodernden echten Bienenwachskerzen, die den Raum stilvoll beleuchten und zu flackern beginnen, als die breiten Türen sich öffnen. Der Saal ist von Menschen jeden Alters in aufwendigen Gewändern bevölkert. Einige haben Sektgläser in der Hand. Zahlreiche Kellner in hochwertiger roter Samtbekleidung gehen mit Tabletts herum und offerieren Snacks und Getränke. Im offenen Kaminofen am Ende des Saales brennt ein loderndes Feuer. Männer mit weißen Perücken sitzen in Ledersesseln vor dem Ofen und diskutieren angeregt. Auf einem Couchtisch vor ihnen stehen große Weingläser mit Rotwein. »Hier gibt es nur Barone, Herzöge und Könige«, denkt Julius. Der Vorsprecher betritt eine Empore, geht einige Stufen hinauf zu einem kleinen Pult, unterbricht das Stimmengewirr mit einer Glocke und sagt mit fester Stimme:

»Sehr geehrte Damen und Herren, ich begrüße Gräfin von Großenbaum mit Begleitung.«

Die Gäste halten kurz inne, werfen einen kurzen Blick zu ihnen herüber und unterhalten sich dann weiter. Einer der anwesenden Herren scheint sich aber doch näher für sie zu interessieren, denn er stellt sein Weinglas auf den Couchtisch und kommt auf sie zu. Er gehört zu den Männern mit den weißen Perücken. Julius und seine Begleiter betreten gerade über den roten Teppich den Festsaal. Der Fremde erreicht sie und sagt zu Emma:

»Sie sehen hinreißend aus.« Er nimmt ihre Hand und küsst ihr den Handrücken. »Wie schön, dass ich Sie und Ihre Begleitung in meiner bescheidene Hütte willkommen heißen kann.«

Erst jetzt erkennt Julius, dass er der alte Mann vom Unfallort ist, der Vater des Lamborghinifahrers. Er trägt ein edles, königliches Gewand mit einem Umhang.

»Diese Einladung konnten wir doch nicht ausschlagen«, entgegnet ihm Emma und wedelt mit dem Fächer vor ihrem Gesicht herum.

»Ich sehe sofort, wenn ich eine Edelfrau vor mir habe«, gesteht er.

»Der soziale Unterschied sollte für alle immer sichtbar sein«, pflichtet ihm Emma bei und hebt ihr Kinn im Profil.

Julius kann nur schwer sein Grinsen verbergen und schaut scheinbar unbeteiligt in die Menge.

»Wer sollte uns die Äcker bestellen, wenn es nur Herren geben würde? Darf ich Sie zu einem Getränk einladen?«, fragt ihr Gastgeber und schnippt mit den Fingern. Wenige Sekunden später steht ein Kellner neben ihnen.

»Sie haben recht, erst einmal ein Gläschen Sekt, das hebt die Stimmung«, sagt Emma.

»Ich darf Ihnen einmal die Gräfin entführen«, sagt der alte Herr.

»Ich glaube, er ist vertrauenswürdig«, sagt Emma scherzhaft und zwinkert den Freunden mit einem schelmischen Grinsen zu. Dann verschwindet sie mit dem edlen Herrn im Getümmel. Beim Weggehen hört Julius ihn noch sagen:

»Fetteste Gans oder dickster Apfel, für den Herrn gibt es immer das Beste.« Julius hört ihn lachen.

»Oma Emma verblüfft mich immer wieder«, gesteht Alex.

»Oma Emma hat eben nichts mehr zu verlieren«, meint Jasmin. Auch Julius nimmt sich ein Glas Sekt.

»So, dann werden wir mal den Laden hier ein bisschen aufmischen«, schlägt Markus vor. Ein Mann in einem Gewand mit einem überdimensionalen Kragen, das ein wenig an Graf Dracula erinnert, kommt auf sie zu. Als er seine Maske abnimmt, erkennt Julius ihn. Es ist der Fahrer des Lamborghini.

»Schön, dass Sie es einrichten konnten, zu unserem kleinen Fest zu kommen. Ich habe mich noch gar nicht für Ihre Hilfe bedankt. Zum Glück ist dank Ihres Einsatzes niemand zu Schaden gekommen. Sie müssen entschuldigen, ich hatte einen Schock«, begrüßt er sie.

»Sie haben sich mehr um Ihren Wagen gesorgt als um Ihre Begleitung«, stellt Fatima fest.

»Der Begleitung geht es gut«, entgegnet er. Plötzlich ertönt die Glocke hinter ihnen. Der Mann im königlichen Gewand steht neben Oma Emma auf der kleinen Empore am Pult und beginnt seine Rede:

»Sehr geehrte Gäste, ich freue mich, dass Sie so zahlreich zu unserer kleinen Benefizveranstaltung zur Erhaltung der Wasserschildkröten erschienen sind. Ich bedanke mich, dass Sie die Zeit gefunden haben und meiner Einladung so stilvoll gefolgt sind. Ich möchte Sie jetzt bitten, mit mir zu dinieren. Dazu habe ich ein paar Kleinigkeiten im Raum nebenan vorbereiten lassen. Ich wünsche Ihnen einen guten Appetit.« In selben Augenblick öffnen zwei Diener eine große zweiflügelige Tür und bleiben davor stehen. Diener mit weißen Samthandschuhen bitten die Gäste mit einladender Geste in den Speiseraum.

DAS MENÜ

Alle nehmen die Einladung an und betreten den Speisesaal. Als Julius hinter sich noch einmal die Glocke hört und ein Herr Pochner mit Begleitung angekündigt wird, blickt er sich um. Er sieht einen Mann in einer Art Robin-Hood-Kostüm mit einer Maske vor dem Gesicht. Als er diese kurz zur Seite zieht, erkennt Julius sein Gesicht. Es ist der Mann, der heute Morgen am Gelsenkirchener Bahnhof war. Julius ist sich ganz sicher, es ist der Promi, der einen ganzen Monat lang ohne fremde Hilfe im ärmsten Teil von Gelsenkirchen leben wollte...

Die Wände des Speisesaales sind mit rot gemustertem Stoff tapeziert. An der Wand hängen Gemälde alter Meister, die Kerzenkronleuchter beleuchten die kunstvoll bemalte Decke. Die in U-Form aufgebauten Tische sind mit weißem Leinen gedeckt, und Blumenarrangements schmücken die Tafel. Mehrere Butler mit roten Samtwesten helfen den Gästen, die schweren, mit Stoff bezogenen Sitzmöbel in die richtige Position zu schieben, um sich hinzusetzen. Perfekt vor Julius ausgerichtet liegen sechs Messer und sechs Gabeln. Große Löffel, kleine Löffel. Das polierte Silberbesteck glänzt auf der weißen Tischdecke. Sofort beginnen die Kellner, Getränke zu verteilen.

»Hast du gehört, es ist gerade ein Herr Pochner angekommen«, sagt Julius zu seinem Tischnachbarn Markus.

»Ja, und ich habe ihn auch gesehen«, antwortet Markus. »Aber wollte er nicht ohne fremde Hilfe in Gelsenkirchen leben?«

»Vielleicht hat er sein Projekt schon aufgegeben, war vielleicht doch nicht so lustig wie erwartet«, vermutet Markus.

Als die meisten Gäste sich gesetzt haben, nimmt der Mann mit dem Robin-Hood-Kostüm schräg gegenüber Platz und hält sich seine Maske vors Gesicht.

»Wieso verstecken Sie sich?«, fragt ihn eine junge Frau, die einen Hut mit einer langen, bunten Feder trägt.

»Weil ich undercover hier bin. Offiziell bin ich nämlich überhaupt nicht hier«, erklärt der Angesprochene, nimmt kurz die Maske zur Seite und zwinkert ihr zu.

»Wieso, wo sollten Sie denn sein?«, fragt die Frau nach.

»Ich liege eigentlich gerade in einem nassen Pappkarton im schlimmsten Teil von Gelsenkirchen und friere«, flüstert der Mann mit der Maske.

»Ich glaube, ich weiß, wer Sie sind.«

»Ja, das kann gut sein, ich bin ja auch nicht ganz unbekannt.«

»Sie sind Herr Pochner aus dem Fernsehen und arbeiten bestimmt wieder an einem neuen Projekt. Darf ich fragen, woran?« Ein Kellner kommt zum Tisch und kündigt das Essen an.

»Maultaschen gefüllt mit Blattspinat auf Lachs mit Preiselbeeren.«

Wenige Augenblicke später betreten unzählige Kellner in Zweierreihen den Saal und verteilen große weiße Teller mit Speisen, die sie auf die Unterteller stellen. Julius muss zugeben, dass er Hunger hat. Auf dem großen viereckigen Teller befindet sich ein Häufchen Preiselbeeren mit zwei kleinen Maultaschen auf einer winzigen Scheibe Lachs.

»Dafür solch ein großer Teller?«, denkt Julius. Davon

wird doch niemand satt! Aber als er dann auf die vielen Gabeln schaut, hat er Hoffnung, dass es vielleicht noch mehr zu essen gibt. Obwohl das bekannte Glücksgefühl der Neuen Welt fehlt, ist der Geschmack dieser Maultaschen beeindruckend. Sie sind einfach nur köstlich.

»Der Gestank in Gelsenkirchen ist unerträglich. Obwohl ich lange geduscht habe, geht er mir nicht aus der Nase«, hört Julius dem Mann mit der Maske sagen.

»Aber was machen Sie denn an solch einem grausigen Ort?«, fragt die Frau mit der Feder am Hut.

»Ich möchte erleben, wie sich Armut anfühlt.«

»Da sitzen Sie hier aber am falschen Tisch«, mischt sich Markus in das Gespräch ein. Der Mann lacht.

»Das ist eben Fernsehen. Aber mein Motiv ist es schon, auf die Not der Menschen aufmerksam zu machen.«

»Wäre es nicht sinnvoller, in Gelsenkirchen zu helfen, als sich an dem Leid der Menschen zu ergötzen?«, fragt Markus. Julius hat in wenigen Sekunden seinen Teller leer gegessen und bedauert, dass er schon leer ist. Am liebsten würde er ihn ablecken, kann sich aber im letzten Augenblick zurückhalten.

»Ja, wir versuchen die Moral zu heben. Denn wenn im Fernsehen gezeigt wird, wie schlecht es den armen Menschen geht, dann erkennen viele Menschen erst einmal, wie gut es ihnen selbst eigentlich geht«, erklärt der Schauspieler, während eine Armada von Kellnern die benutzten Teller abräumt. Der Oberkellner betritt die Mitte des Saales und kündigt den nächsten Gang an. »Spargelessenz mit Knusperröllchen.« Sogleich kommen die Herren mit den roten Samtwesten wieder und verteilen den nächsten Gang. Auch die Suppenteller sind groß.

»Hach, ich könnte in solch einer Armut nicht leben«, mischt sich eine Frau mit einer pompösen Halskette in das Gespräch ein.

»Aber was würden Sie denn machen, wenn Sie dort leben würden?«, fragt Markus nach.

»Ich würde mir einen Job suchen und, wenn ich genügend Geld dafür zusammengespart hätte, von dort wegziehen. Es gibt immer eine Lösung. Aber Gott sei Dank habe ich ein bisschen Glück im Leben gehabt, so dass ich mir darüber keine Sorgen machen muss«, antwortet die Dame.

»Du und arbeiten, dass ich nicht lache«, sagt ihr Tischnachbar amüsiert.

»Wenn ich arbeiten müsste, könnte ich auch arbeiten«, erwidert sie verärgert.

»Es gab schon immer arme und reiche Menschen. So ist das nun einmal«, erklärt ein weiterer Herr am Tisch.

»Trotzdem steht die Armut jetzt vor der Tür«, äußert eine magersüchtig wirkende Frau, die am gleichen Tisch sitzt. Sie hat die herrliche Spargelessenz mit Knusperröllchen zurückgehen lassen, wie auch schon den ersten Gang.

»Man kann daran nichts ändern. Die Welt ist eben so, wie sie ist«, erklärt der Mann am anderen Ende des Tisches.

»Wir leben in einer Demokratie, in der sich jeder emporarbeiten kann«, mischt sich ein ziemlich beleibter Mann in das Gespräch ein.

»Ich für meinen Teil lebe lieber auf der Sonnenseite als auf der Seite der Armseligen«, antwortet die Frau mit der Feder im Hut und lacht affektiert. »Lasst uns lieber von etwas Erfreulichem reden. Übrigens habe ich mit meinem Psychologen zusammen herausgefunden, weshalb ich immer so traurig bin.«

»Ach, meine Liebe, das ist schön zu hören, nachdem du jetzt so lange auf der Suche warst«, sagt eine Frau am anderen Ende des Tisches.

Nachdem insgesamt sieben Gänge serviert wurden, ist Julius pappsatt. Zum Glück hatte er in den letzten Tagen genug feste Nahrung zu sich genommen, so dass sein Magen sich geweitet hat, sonst hätte er am Ende auf die Köstlichkeiten verzichten müssen. Das Völlegefühl ist zwar bedrohlich, aber noch auszuhalten. Nachdem die Herren mit den roten Samtwesten die Teller abgeräumt haben, erhebt Alex sein Glas und feiert mit einem Trinkspruch die Freundschaft mit seinen Begleitern. Sie trinken aus, betreten wieder den großen Saal und stellen sich an einen Stehtisch mit Sitzhocker.

»Wo ist eigentlich Oma Emma?«, fragt Jasmin.

»Frau von Großenbaum sitzt mit den Perückenträgern am Kamin«, scherzt Mary-Lou. Julius schaut zum Kamin hinüber und sieht die alte Dame auf einem Ledersessel sitzen. Sie scheint sich mit dem Mann im königlichen Gewand angeregt zu unterhalten. Als sie auf den Sitzhockern Platz nehmen, kommt ein Kellner mit Getränken auf einem Tablett vorbei. Mary-Lou, Alex und Jasmin nehmen jeder ein Glas Wasser und die anderen ein Bier.

»Ich kann mich nicht daran erinnern, wann ich das letzte Mal solche Köstlichkeiten gegessen habe«, schwärmt Fatima.

»Wahrscheinlich noch nie«, sagt Jasmin.

»Das hier ist eine sehr interessante Erfahrung«, entgegnet ihr der sonst etwas schweigsame Alex.

»Also, ich kann mit Bestimmtheit sagen, dass ich noch nie auch nur ansatzweise solche Köstlichkeiten gegessen habe, und mit absoluter Sicherheit habe ich noch nie Kaffee mit

Goldstreuseln darauf getrunken «, sagt Julius.

»Allein diese aufwendigen mittelalterlichen Gewänder«, sagt Jasmin.

»Ich muss zugeben, das hat Stil«, bestätigt Markus.

DER PHILOSOPH

Im Getümmel bemerkt Julius eine Frau mit einem imponierend großen Hut, der mit Blumen verziert ist. Sie trägt ein auffallend tief ausgeschnittenes Kostüm, das so gar nicht mittelalterlich wirkt, und dazu hochhackige Schuhe. In der Hand hält sie ein Sektglas. Plötzlich geht sie mit schwankendem Sektglas auf ihn zu. Bei jedem Schritt wackeln die Blumen auf ihrem Hut, ebenso ihr nur spärlich bedeckter Busen. Daran ändert auch die schwere, mit Edelsteinen überladene Kette um ihren Hals nichts, die alles ein wenig zu Boden drückt. Als die Frau näherkommt, fällt Julius auf, dass der faltige Hals und die knochigen, faltigen Hände der Frau nicht zu ihrer glatten Gesichtshaut passen.

»Hallo, ihr Lieben, wer seid ihr denn? Euch kenne ich noch gar nicht. Ich bin Lydia«, stellt sie sich mit einer schrillen, lauten Stimme vor.

»Hallo, Lydia. Wir gehören zur Familie von Großenbaum. Das sind meine Schwestern Fatima, Jasmin und unsere Begleiter, Markus, Finn, Alex und Mary-Lou«, lügt Julius.

»Und wie ist Ihr verehrter Name?«

»Mein Name ist Julius von Großenbaum«, schwindelt er weiter. Er ist selbst überrascht, wie leicht ihm diese Unaufrichtigkeit über die Lippen geht.

»Oh, ihr seht alle noch so frisch aus.«

»Wie meinen Sie das?« fragt Jasmin.

»Sie sind noch so wunderbar jung«, stellt die Frau mit dem unnatürlich faltenfreien Gesicht fest. Dann wendet sie sich Mary-Lou zu:

»Wunderbar! Verraten Sie mir doch, welcher Chirurg Ihnen diese exzellenten Brüste kreiert hat.«

»Der liebe Gott«, scherzt Mary-Lou.

»Oh nein, das glaube ich nicht«, sagt die Frau und trinkt einen Schluck aus ihrem Glas.

»Ja, den Wunsch nach ewiger Jugend gibt es wahrscheinlich so lange, wie es die Menschheit gibt, aber das gilt natürlich nicht für dich, meine Verehrteste«, mischt sich ein trotz seines Alters attraktiver Mann mit kleiner Brille und mittellangem Haar in einem zeitlosen, beigefarbenen, schlichten Gewand ein.

»Ach, du Charmeur! Darf ich vorstellen, unser Philosoph, der Reisende. Ach ja. Ich will aber ewig jung bleiben«, sagt die Frau mit so viel Nachdruck, dass die Blumen auf ihrem Hut vibrieren. Der Reisende mit dem eleganten Gewand nickt allen freundlich zu.

»Dann erkläre mir doch einmal, warum wir sterben müssen«, bittet die Frau und trinkt ihr Glas leer.

»Ganz einfach, damit sich das Leben erneuern kann«, antwortet der Mann.

»Ach, du bist immer so realistisch«, klagt sie.

»Der Tod gehört nun einmal zum Leben«, erklärt der Philosoph.

»Was steht auf dem Grabstein einer Putzfrau?«, fragt die Frau in die Runde und torkelt zu einem Kellner, der gerade vorbeikommt. Sie tauscht das leere Glas gegen ein volles ein, macht eine schwungvolle Wendung, grinst alle erwartungsvoll an, nimmt einen Schluck aus ihrem Glas und fährt fort: »Sie kehrt nie wieder.«

Sie lacht unnatürlich laut.

»Das ist meine Lydia, nie um eine Pointe verlegen«, kommentiert der Philosoph den Witz.

»Die meisten Menschen geben ja nicht zu, dass sie Angst vor dem Sterben haben«, stellt Fatima fest.

»Die Angst vor dem Tod treibt in dieser Gesellschaft jeden Menschen an«, philosophiert der Reisende.

»Sie meinen, die Angst ist der Motor des Lebens?«, fragt Jasmin nach.

»Nein, nicht des Lebens, aber des Handelns«, korrigiert er.

»Das verstehe ich nicht«, gibt Fatima zu.

»Lassen Sie es mich mal so erklären. Eines der ersten Schlüsselerlebnisse im Leben ist die Erkenntnis, dass die Existenz hier auf Erden endlich ist. Jeder kann sich an das Gefühl erinnern, als er zum ersten Mal realisiert hat, dass seine Eltern oder seine engsten Vertrauten sterben müssen und dass letztendlich auch er selbst irgendwann die Bühne des Lebens verlassen muss. Ich glaube, dass die unbewusste Angst vor dem Ende die Wurzel von Gier und Macht des Menschen ist. Der Mensch will festhalten – und klammert sich so an eine Illusion«, erklärt der Philosoph.

»Das ist aber eine abenteuerliche Theorie. Wie kommen Sie auf die Idee, dass ein Zusammenhang zwischen Angst und Macht besteht?«, fragt Julius nach.

»Na ja, die Natur kann uns bei vielen Fragen helfen. Gehen wir einfach davon aus, dass ein Tier sich seiner selbst nicht bewusst ist. Und wenn es kein Bewusstsein hat, dann hat es auch keine Angst vor dem Tod, es lebt einfach so vor sich hin.«

»Sie glauben also, dass Tiere keine Angst kennen. Dann müssen Sie aber mal sehen, wie mein kleiner Popeye zittert, wenn ein größerer Hund ihn anbellt«, widerspricht Lydia.

»Natürlich haben auch Tiere Angst. Aber sie machen sich um ihren Tod keine Sorgen«, ergänzt der Philosoph seine Theorie.

»Sie meinen, so wie die Katze, die über den Dachfirst balanciert?«, erkundigt sich Julius.

»Ein Tier macht sich keine Sorgen um seine Zukunft. Wenn es sich den Bauch vollgeschlagen hat, liegt es faul in der Sonne, und selbst wenn ihm dann ein Leckerbissen direkt vors Maul fällt, bleibt es einfach liegen. Erst wenn es Hunger bekommt, wird es aktiv und fängt an, nach Nahrung zu suchen. Der Mensch aber sorgt sich um seine Zukunft und versucht sie im Voraus zu planen.«

»Das ist eine sehr interessante Theorie«, bemerkt Markus.

»Also, du willst damit sagen, ich bin so wohlhabend, weil ich Angst vor dem Tod habe?«, hakt Lydia nach.

»Nein, du bist so wohlhabend, weil du wohlhabend geboren bist, aber das reicht dir nicht, du möchtest dein Vermögen noch vermehren«, erklärt der weise Mann.

»Sie meinen also, dass so eine Art unbewusste Urangst das Handeln von uns Menschen beeinflusst?«, vergewissert sich Fatima. »

Irgendwie könnte da was Wahres dran sein«, meint Julius nachdenklich. »Vor vielen Jahren wurde Bill Gates, einer der damals reichsten Männer der Welt, gefragt, wann er denn genug Vermögen angesammelt habe. Und was antwortete er? Nur noch ein kleines bisschen mehr«.

»Das Seltsame ist, dass diese Aussage wahrscheinlich auf uns alle zutrifft«, vermutet der Philosoph. »Wir wollen alle etwas mehr«.

»Eine sehr interessante Theorie«, meint Alex.

»Ach«, sagt Lydia mit lauter schriller Stimme und wackelt so heftig mit dem Kopf, dass der Blumenhut bedenklich in Schieflage gerät. »Das ist doch alles Quatsch. Ich muss jetzt erst einmal mit meinem Psychologen sprechen«, beendet sie die Diskussion und schwankt davon. Beim Weggehen verschüttet sie noch den halben Inhalt ihres Glases, bevor sie in der Menge verschwindet.

»Das ist eben Lydia«, sagt der Philosoph und grinst. Auch die Freunde können sich ein Schmunzeln nicht ganz verkneifen.

»Ich glaube nicht, dass es nur eine Theorie ist. Seitdem es Menschen gibt, müssen sie mit dem Wissen leben, dass sie sterben werden. Die Angst vor dem Sterben hat bei den Menschen schon immer merkwürdige Verhaltensweisen ausgelöst. Aus diesem Grunde sind die Philosophie, die alten Götter und die heutigen Religionen entstanden«, sagt Markus.

»Viele Menschen haben Angst, etwas zu verpassen, und sind so damit beschäftigt, das Leben zu organisieren, dass sie vergessen, den Augenblick zu würdigen und im Jetzt zu leben«, erklärt der Reisende.

Gerade als Julius sich fragt, ob deshalb vielleicht die Freiheit nur eine Illusion ist, läutet die Glocke. Der Vorsprecher mit dem prachtvollen Gewand hat ein kleines Podest betreten und kündigt mit fester Stimme an:

»Meine lieben Gäste, darf ich Sie auf den Schlosshof bitten? Dort findet in wenigen Sekunden die atemberaubende Vorstellung des furchtlosen Seiltänzers namens Fliegender Hans statt, der in schwindelerregender Höhe todesmutige Kunststücke vorführen wird. Lassen Sie sich dieses Spektakel nicht entgehen«

Zwei Diener öffnen die zweiflügelige Tür und die Gäste strömen in den Schlosshof.

»Das muss ich mir unbedingt anschauen! Sie entschuldigen mich«, sagt der weise Mann und geht durch die Tür.

DER SEILTÄNZER

Julius und die Freunde folgen dem Philosophen auf den Schlosshof. Die Anwesenden blicken suchend nach oben. Auch Julius schaut in den schwarzen Sternenhimmel, kann jedoch nichts erkennen. Die Fackeln an den Schlosswänden lodern mit einem knisternden Geräusch. Erst auf den zweiten Blick erkennt Julius ein Seil, das in etwa sechs Metern Höhe über den Schlosshof gespannt ist. Plötzlich ertönen ein Trommelwirbel und eine Stimme:

»Bewundern Sie mit mir den einzigartigen, den größten, den todesmutigsten, den furchtlosesten Seiltänzer aller Zeiten: den Fliegenden Hans.«

Wenige Sekunden später erscheint ein Mann auf einem kleinen Podest oben neben dem Stahlseil. Er balanciert mit einer Stange bis zur Mitte des Seiles. Plötzlich stolpert er und fällt auf das Seil. Die Menge schreit auf. Er federt ab und steht schwankend auf, wackelt ungeschickt hin und her und steht dann wieder sicher. Die Leute klatschen und der Seilartist verbeugt sich. Dann macht er einen Purzelbaum auf dem Seil, richtet sich wieder auf und steht jetzt mit einem Bein auf dem Seil, während das andere nach Gleichgewicht sucht. Der Artist legt seine Balancierstange auf das Seil und macht einen Handstand. Plötzlich kippt er seitlich um und die Stange fällt zu Boden. Die Leute schreien auf. Der Fliegende Hans schwingt mit den Kniekehlen um das Seil herum und fängt die Balancierstange auf, nur wenige Zentimeter, bevor sie für ihn nicht mehr erreichbar ist. Das andere Ende der

Ausgleichsstange schwingt mit einem surrenden Geräusch über die Köpfe der Zuschauer hinweg. Durch den Schwung pendelt die Stange auf der anderen Seite wieder nach oben. Der Artist nutzt gekonnt die Schwungkraft und steht plötzlich wieder mit der Balancierstange auf dem Seil. Der Menge stockt der Atem. Nach einigen Sekunden klatscht jemand zaghaft Beifall. Als die Zuschauer begriffen haben, dass dieser vermeintliche Ausrutscher zum Programm des Künstlers gehört, applaudieren sie alle.

»Unglaublich«, hört Julius eine Frau sagen. Nun balanciert der Künstler auf den Händen in Richtung Plattform und trägt die Balancierstange mit seinen Füßen. Dann springt er auf das Podest neben dem Seil und verbeugt sich. Die Leute klatschen jetzt so laut sie können. Der Künstler hebt die Hände und springt durch ein offenes Fenster ins Schloss. Julius hört eine Frau sagen: »Der wäre die Show für unser Sommerfest.« Auch Julius selbst und seine Freunde klatschen laut mit. Als der Seilakrobat im Schloss verschwunden ist, ertönt am Himmel ein lauter Knall, und weiße und rote Lichter funkeln. Dann folgen mehrere laute Donnerschläge. Die Menge schaut nach oben und beobachtet das minutenlange Feuerwerk.

Als sie wieder in den Schlosssaal gehen, kommt ihnen Emma entgegen.

»Hallo, ihr Lieben. Der Gastgeber möchte euch zu einem Absacker einladen. Die Selbstsicherheit dieser Leute wird euch gefallen«, sagt Emma.

»Ich werde mich hier lieber einmal umsehen«, sagt MaryLou. Alex, Fatima, Jasmin und Finn schließen sich ihr an, Julius und Markus begleiten Oma Emma zu den Herren mit den weißen Adelsperücken.

DIE HOHEN HERREN

Am Tisch sitzen drei Männer mit weißen Perücken und diskutieren. Der Mann mit dem königlichen Gewand steht auf, macht eine Geste zum Oberbutler und sagt:

»Schön, dass Sie sich zu uns gesellen möchten. Ihre verehrte Mutter hat schon viel von Ihnen erzählt.« Sogleich kommen mehrere Butler und bringen weitere Sessel. Julius und seine Freunde danken ihnen und setzen sich.

»Sie brauchen sich nicht zu bedanken. Die Angestellten werden ausreichend entlohnt«, sagt ein dicker Mann am anderen Ende des Couchtisches und lacht.

»Das gebietet aber die Höflichkeit«, entgegnet ihm Julius.

»Sie haben vollkommen recht. Es ist ohnehin schwierig genug, halbwegs gutes Personal zu finden«, erwidert der Mann mit dem königlichen Gewand.

»Ach, wenn man sie zu freundlich behandelt, dann werden sie nur aufmüpfig«, wendet eine Dame mit Betonfrisur ein, die einzige Frau in der Runde neben Emma.

»Wenn man dem Personal den kleinen Finger reicht, dann nehmen sie gleich die ganze Hand«, attestiert der dicke Mann am anderen Ende des Tisches.

»Oh, das kann ich nicht bestätigen. Ich habe nur Freunde um mich versammelt«, widerspricht Emma.

»Das funktioniert auf Dauer aber nicht, früher oder später werden sie gierig, das liegt einfach in der Natur des Menschen«, entgegnet ein Mann mit einem kunstvoll gezwirbelten Schnauzbart.

»Darf ich Ihnen einen Scotch oder ein anderes Getränk

anbieten?«, wendet sich ein Kellner an Julius und Markus.

»Ich hätte gerne ein Glas Rotwein«, bestellt Julius.

»Eine gute Wahl. Ich würde einen 2014er Merlot empfehlen. 2014 war ein ausgezeichneter Jahrgang«, schlägt der Kellner vor. Julius hat keine Ahnung, wie ein 2014er Merlot schmecken könnte, entscheidet sich aber trotzdem für den Wein, ebenso wie Markus. Emma und die anderen Herrschaften bestellen Whisky.

»Ihre Mutter ist eine ganz besondere Frau. Sie hat mir erzählt, dass Sie bei dem Projekt *Neue Welt* als Tester mitgearbeitet haben«, verrät der Schlossherr. Mitarbeiten ist vielleicht nicht der richtige Ausdruck, denkt Julius, aber in diesen Kreisen scheint es besser zu sein, seinen wirklichen Bezug zur Neuen Welt zu verschweigen.

»Oh, ja, das könnte man so sagen.«

»Also, ich muss sagen, die Umsetzung war grandios«, lobt der Schlossherr.

»Wie meinen Sie das?«, fragt Julius nach.

»Ich meine die Art, wie Sie dieses Projekt in den Medien verkauft haben. Zu behaupten, dass die *Neue Welt* Lebensfreude durch kognitive Inspiration weckt und somit ein Sprungbrett für eine positive Lebenseinstellung darstellt. Wie ging es dann noch gleich weiter?«

Julius hat den Werbeslogan wirklich geglaubt und kennt ihn daher natürlich auswendig.

»Die Klienten sollen durch schöne Erinnerungen motiviert werden, ihr Leben selbst in die Hand zu nehmen, um wieder produktiv am Aufschwung mitwirken zu können.«

»Ich hatte mich auch mit dem Projekt beschäftigt«, erzählt die Dame mit der Betonfrisur. »Das Programm hat uns auf lange Sicht ein Vermögen an Sozialausgaben gespart. Es ist uns gelungen, die Versorgung der Menschen auf ein Minimum zu reduzieren und trotzdem hat das Volk das Konzept gefeiert«, erklärt der Schlossherr und wischt einen Krümel von seinem königlichen Gewand.

»Ja, Sie haben es geschafft, eine ganze Bevölkerungsgruppe zu isolieren«, kritisiert Markus die Kampagne.

»Das haben wir tatsächlich. Und nicht nur das. Wir haben damit gesellschaftlichen Sprengstoff entschärft und somit zwei Fliegen mit einer Klappe geschlagen«, würdigt die Frau stolz das Konzept und nickt dabei heftig. Ihre Frisur könnte wahrscheinlich einem Orkan standhalten, ohne auch nur einen Millimeter aus der Form zu geraten, denkt Julius.

»Wie meinen Sie das?«, fragt der Mann mit dem gezwirbelten Bart. »Als Vorsichtsmaßnahme zum Schutz vor unvorhersehbaren Risiken haben wir verhindert, dass sich die Spieler im realen Leben miteinander vernetzen können. Zu diesem Zweck wurden sie aus möglichst weit entfernten Orten zusammengeführt«, erklärt die Frau mit der stahlharten Frisur den raffinierten Plan.

»Und was ist, wenn die Teilnehmer doch einen Weg finden, sich zu organisieren?«, fragt der Mann weiter.

»Dann lassen wir einfach den problematischen Teil der Welt untergehen, mischen die Spieler neu und kreieren einen neuen Teil«, erklärt die Frau.

»Trotzdem ist es mir ein Rätsel, wie Sie erreicht haben, dass so viele Menschen dieses Spiel dem realen Leben vorziehen.«, hinterfragt der dicke Mann am anderen Ende des Tisches das Konzept. Julius kann sich kaum noch an die Zeit vor seinem ersten Besuch in der *Neuen Welt* erinnern. Damals war er mit den kleinen Dingen des Lebens beschäftigt und versuchte zumindest nach außen hin den Schein von Würde zu wahren. Es war schwer, sich ohne Geld in der Öffentlichkeit zu bewegen, ohne das Gesicht zu verlieren. Deshalb blieb er damals lieber allein zuhause. Er sperrte sich quasi selber ein.

»Es ist eben, wie es der Name schon sagt, eine neue Welt und für viele Menschen öffnet sie die Tür zur Flucht vor der Realität«, erklärt er jetzt.

»Leider nehmen unsere älteren Mitbürger die *Neue Welt* nicht so an, wie wir uns das vorgestellt haben, und deshalb haben wir das Projekt *Sonnabend* entwickelt. Es gibt schon erste Versuche, um die Reaktionen auf dieses Angebot zu prüfen. Aber wir müssen noch die Verkaufsstrategie überarbeiten,« erklärt der Adelsmann mit dem königlichen Umhang.

DER SONNABEND

»Die Präsentation in der Öffentlichkeit muss noch überdacht werden«, sagt die Frau mit der unbeweglichen Frisur.

»Mit dem Sonnabend meinen Sie die Unterbringung unserer Senioren in sogenannten Wellness-Oasen in Afrika?«, fragt Oma Emma.

»Eigentlich ist das Projekt noch nicht in den Medien angekündigt worden, woher wissen Sie davon?«, fragt die Frau mit der Betonfrisur und strahlt plötzlich eine unbarmherzige Kühle aus.

»Ich arbeite in vielen Bereichen und habe meine Kontakte überall«, erklärt die alte Dame aus Gelsenkirchen.

»Tatsache ist, dass es auf Dauer unmöglich ist, der Flut der alten Menschen Herr zu werden«, sagt der dicke Mann und nimmt einen Schluck aus seinem Whiskyglas. »Aber in der Region Afrika haben wir ein Trinkwasserproblem.

»Haben wir nicht«, berichtigt ihn der Zwirbelbart.

»Wie? Sie haben eine Lösung gefunden?«, erkundigt sich der adelige Schlossherr interessiert.

»Wir haben in der Region große, unterirdische Wasserspeicher gefunden«, erklärt der Mann zufrieden.

»Sind Sie sicher?«, fragt die Frau, deren Frisur ihren unnachgiebigen Charakter widerspiegelt. 1

»Ja, nachdem Sie mir die Auftragszusage garantiert hatten, habe ich ein Expertenteam dorthin geschickt und die Experten haben die Vermutung bestätigt«, erklärt Zwirbelbart.

»Dann könnte ich ja jetzt mit dem Bau beginnen«, stellt der Dicke zufrieden fest.

»Die baulichen Standards und die Lohnkosten sind in Deutschland zu hoch, in Afrika sparen wir ein Vermögen«, sagt die Frau mit der kühlen Ausstrahlung.

»Sie wollen die Alten also billig entsorgen?«, erkundigt sich Markus.

»Die Frage ist nur, wie wir das in der Öffentlichkeit verkaufen«, überlegt die Betonfrisurfrau.

»Wir wollen eine Debatte in den Medien anregen, bei der wir die Vorteile für den Sonnabend klar in den Vordergrund stellen. Da es in der Region in Namibia, die wir dafür ausgewählt haben, im Vergleich zu Deutschland nur minimale Bauvorschriften gibt, können wir mit unseren hohen baulichen Standards werben«, schlägt der stattliche Mann vor.

»Wir werben also mit einem höherem Standard, obwohl er in Wahrheit viel geringer wäre als in Deutschland?«, hakt Markus nach.

»So ist es. Wir werben mit höheren Standards, mehr Personal und, nicht zu vergessen, mit dem Sonnenklima«, verkündet der Mann im Umhang und hebt dabei seinen Zeigefinger.

»Es ist sozusagen ein Win-Win-Geschäft. Mein Unternehmen braucht keine Mitarbeiter zu entlassen und steht in der Öffentlichkeit gut da«, rühmt sich der korpulente Mann am anderen Ende des Tisches.

»Und wir haben eine Lösung für die finanzielle Belastung durch unsere mittellosen alten Mitbürger gefunden«, sagt die Frostige.

»Nicht zu vergessen der positive Aspekt auf das Gesundheitssystem«, ergänzt der Gastgeber lachend. Kurz darauf später kommt ein Kellner, schenkt Julius etwas Wein ein und schaut ihn erwartungsvoll an. Julius wundert sich über den winzigen Schluck Wein in seinem Glas und nickt dem Kellner zu, was dieser erwidert. Dann eben nur dieser Minitropfen, denkt Julius und leert das Glas. Der Kellner nickt ihm erneut zu, und da Julius nicht unhöflich erscheinen möchte, nickt er zurück, worauf der Kellner das Glas mit Wein füllt. Erst jetzt begreift Julius, dass er vom Ober zunächst nur einen Probierschluck bekommen hat. Zwei weitere Kellner verteilen die bestellten Getränke auf dem Tisch.

»Ja, damit können wir uns finanziell gesundstoßen«, sagt der Mann mit dem aufwendig gezwirbelten Bart süffisant.

»Sie können die Menschen doch nicht einfach so würdelos abschieben«, protestiert Oma Emma.

»Ja, natürlich, Sie haben Recht. Es muss natürlich heißen, eine würdevolle Unterbringung mit höheren Standards, mehr Personal und Sonnenschein«, korrigiert sich der Mann im Umhang selbst und gestikuliert mit beiden Händen in der Luft.

»Perfekt! Wir werden mit einem Elefanten vor der untergehenden Sonne werben«, sinniert die Betonfrisurfrau zufrieden. »Lasst uns auf eine lukrative Zusammenarbeit trinken. Ich werde morgen eine Pressemitteilung herausgeben.«

»Sie glauben also, dass ein Foto von einem Elefanten vor der untergehenden Sonne ausreicht, um die Bevölkerung von den Vorteilen des Projektes zu überzeugen?«, fragt Oma Emma.

»Wir berichten doch schon seit Monaten verschärft über die schlechte Versorgung unserer alten Mitbürger. Ja, ich glaube, dass wir die Öffentlichkeit so auf einfache Art überzeugen können«, sagt der Mann im Umhang siegessicher und lacht.

»Da haben wir schon ganz andere Herausforderungen gemeistert«, bemerkt die Frau, deren Haare wie eingeschraubt wirken.

»Sie meinen die Flüchtlingskrise?«, fragt der Dicke.

»Die Flüchtlingskrise war damals ein gefährlicher Angriff auf den Kapitalismus, aber wir haben sie genutzt, um unsere Sicherheitssysteme auszubauen. Aber die größte Meisterleistung waren die ersten Monate der Finanzkrise«, sagt die Frau mit der Stahlfrisur.

»Sie meinen, dass die Medien nur über die Schulden der Kreditnehmer berichtet haben und nicht über die Zinsgewinne der Kreditgeber?«, erkundigt sich Markus.

»Wir haben während der Finanzkrise gut gepokert und gewonnen, wie immer! Wir sind eben clever«, lobt sich der Mann mit dem königlichen Umhang und nimmt einen Schluck aus seinem Glas.

»Ich muss zugeben, damals war es ziemlich knapp. Aber wir haben es geschafft, das Volk mit Klischees ruhigzustellen.«, betont der Betonkopf.

»Die Folge war, dass der Markt mit Liquidität überflutet wurde, und wer zu viel Geld auf dem Konto hat, muss mit Strafzinsen rechnen. Tja, so ist die Oberschicht quasi gezwungen, Geld auszugeben, statt es zu horten«, sagt Oma Emma.

»Ha, ha, Sie meinen, auch Reiche sollten das Recht haben, arm zu werden«, amüsiert sich der Mann im Umhang.

»Es gab immer arme und reiche Menschen. Genau das ist die Ordnung im Universum«, belehrt der Zwirbelbart die Runde.

»Wichtig ist nur, der Öffentlichkeit immer zu suggerieren, dass unser Handeln richtig ist und wir die Guten sind.«

»Tun wir mit dem Vorhaben *Sonnabend* denn das Richtige? Obwohl eigentlich doch Überfluss herrscht?«, fragt Oma Emma nach.

»Wir müssen wirtschaftlich handeln, sonst explodieren die Kosten. Wir haben die Welt, so wie sie heute ist, zwar nicht gemacht, aber wir müssen darin leben«, erklärt die Betonfrisurfrau.

»Wir wollen doch nur das Beste«, verteidigt der Mann im Umhang den *Sonnabend.*

»Die Einen haben das Recht und die Anderen die Regeln«, erwidert Oma Emma.

»Aber was passiert, wenn die Alten nicht so wollen, wie Sie sich das vorgestellt haben? Müssen diese Verweigerer dann mit Sanktionen rechnen?«, fragt Markus nach.

»Nein, wir müssen versuchen, das Konzept so zu verkaufen, dass sie sich freiwillig dazu bereiterklären. Ebenso wie bei der *Neuen Welt.*«

»Du sollst Vater und Mutter lieben und ehren, steht seit über 2.000 Jahren in der Bibel geschrieben. Das ist aber kein liebevoller Umgang«, entgegnet Markus.

»Sie wissen doch, wenn man nicht wirtschaftlich denkt, geht man unter. Wenn wir es nicht machen, macht es ein anderer und wir verlieren die Vorrechte«, erklärt der Schlossherr.

»Wir haben eine Demokratie und jeder kann frei entscheiden, wie er sein Leben gestalten will. Ich musste auch lange studieren, um hier sitzen zu können«, belehrt ihn die Frau mit der fest sitzenden Frisur.

»Unsere Aufgabe ist es, für Frieden zu sorgen. Wenn wir

nicht die wichtigen Entscheidungen treffen würden, hätten wie Anarchie und es gäbe Mord und Totschlag«, rechtfertigt sich der Schlossherr aufgebracht.

»Seit Generationen tragen unsere Familien die Verantwortung für die Menschen und das muss auch honoriert werden«, sagt der Zwirbelbart erregt und hebt einen Finger.

»Erst wenn die Erde komplett ausgeplündert ist, bricht der Kapitalismus zusammen«, meint Markus.

»Solange uns die Medien gehören und wir bestimmen, welche Nachrichten wichtig sind und welche nicht, schreiben wir die Geschichte«, sagt die Betonfrau verbissen.

»Denn die Geschichte schreiben immer die Gewinner und das sind wir«, bestätigt der Schlossherr aufgebracht.

»Solange der Kapitalismus die Gesetze der Demokratie schreibt, brauchen wir uns keine Sorgen zu machen«, beruhigt die Frau die Runde.

»Deswegen ist es wichtig, ein gefügiges Volk zu haben.«

»Je enger der Käfig, desto schöner die Freiheit«, erklärt der weise Mann mit dem Zwirbelbart. »Das ist eben der Preis des Kapitalismus.«

»Ach, wir spenden gleich einen hohen Betrag zur Erhaltung der Wasserschildkröten. In der Öffentlichkeit stehen wir dann wieder als Wohltäter da. Die Veranstaltung und die Spenden lassen sich ja wunderbar von der Steuer absetzen«, sagt der Mann im Umhang beruhigend.

»So einfach ist das?«, fragt Julius.

»Ich denke schon«, meint der Mann im Umhang lächelnd.

In diesem Augenblick nähert sich der Vorsprecher mit dem prächtigen Gewand und flüstert dem Hausherrn etwas ins Ohr.

»Nein, das gibt es doch nicht!«, hört Julius ihn sagen. Dann steht der Schlossherr abrupt auf:

»Sie entschuldigen mich bitte.« Zusammen mit dem Vorsprecher verlässt er die Runde.

»Ich glaube, es ist etwas passiert«, sagt die Frau mit dem unbeugsamen Haar und folgt ihm. Wenig später gesellen sich zwei Frauen zu der Runde. Die ältere spricht den dicken Perückenträger an:

»Hallo Hans, ich habe dir doch von Julitta erzählt.«

»Ach, du meinst die junge Dame, die in Los Angeles studiert hat?«

»Darf ich mich vorstellen? Ich bin Julitta«, sagt die jüngere Dame und reicht dem dicken Mann die Hand.

»Meinst du nicht, dass du für den Posten noch ein bisschen zu jung und unerfahren bist?«, fragt der dicke Mann.

»Ich werde Sie nicht enttäuschen.«

»Ja, dann komm gleich einmal auf mein Zimmer, ich will sehen, was ich für dich tun kann, und wir besprechen die Einzelheiten.«

»Vielen Dank, dass Sie sich Zeit für mich nehmen. Also bis gleich«, sagt die attraktive Frau und entfernt sich mit ihrer Begleiterin. »Ich habe eine schwere Aufgabe für die Kleine, aber wenn sie sie gut meistert, wird sie eine steile Karriere machen«, sagt der dicke Mann.

Plötzlich steht der Ansager neben Oma Emma und bittet sie und ihre Begleiter, mitzukommen.

»Was ist los?«, fragt Emma.

»Es ist etwa passiert. Bitte kommen Sie mit mir.«

Die alte Frau steht auf, verbeugt sich zum Tisch hin und folgt dem Mann. Julius und Markus trinken noch schnell ihr

Glas aus und folgen ihnen dann in Richtung Ausgang.

»Was ist passiert?«, fragt Markus.

»Bitte kommen Sie«, wiederholt der Mann und geht über den Hof zu der schweren Eichentür, hinter der sich die Kleiderkammer befindet. Draußen auf dem Hof herrscht ein reges Treiben. Gaukler und Gäste wollen die wahrscheinlich letzte warme Sommernacht des Jahres genießen. Sie folgen dem Mann im prächtigen Gewand zur Kleiderkammer. Neben Alex, Mary-Lou und den restlichen Freunden stehen mittelalterlich gekleidete Soldaten.

»Was ist hier los?«, fragt Markus.

»Wir wurden hierhergebeten«, erklärt Finn.

»Ja, das stimmt«, sagt der Mann im mittelalterlichen Gewand.

»Herr Prof. Dr. Dr. von Heinau ist der Meinung, dass Sie seine Gastfreundschaft jetzt lange genug in Anspruch genommen haben.«

»Wie darf ich das verstehen?«, fragt Markus.

»Sie sollen hier verschwinden!«

»Und mit welcher Begründung?«, fragt Fatima.

»Prof. Dr. Dr. von Heinau bedarf keiner Begründung, um jemanden seines Hauses zu verweisen, aber mir ist zu Ohren gekommen, dass Sie nicht die sind, die Sie zu sein vorgeben. Bitte ziehen Sie sich hier um. Herr von und zu Heinau möchte, dass Sie das Anwesen barfuß verlassen. Er will Ihnen damit ein wenig Demut beibringen«.

»Das finde ich aber sehr unhöflich«, sagt Oma Emma.

»Ich glaube, wir sollten dem Mann einmal ein bisschen Manieren beibringen«, grinst Alex den Mann an. Julius kann deutlich erkennen, dass sich Alex' Brustmuskelberge unter dem Gewand bewegen. Er kann wirklich beeindruckend mit seinen Muskeln spielen, denkt Julius.

»Um weitere Schwierigkeiten zu vermeiden, schlage ich vor, Herrn von und zu Heinaus Anordnung Folge zu leisten.« mischt sich ein Soldat in das Gespräch ein.

»Wir lieben Schwierigkeiten«, sagt Mary-Lou und lächelt ihn an.

»Sie verlassen jetzt augenblicklich das Anwesen!«, wiederholt der Soldat mit ernster Stimme.

»Oh, jetzt bin ich aber beeindruckt«, lächelt jetzt auch Oma Emma ihn an. Nun holen die Soldaten aus ihrem mittelalterlichen Gewand ihre nicht ganz so mittelalterlichen Schlagstöcke.

»Das ist aber nicht sehr stilecht«, spottet Fatima.

»Zum letzten Mal: Verlassen Sie das Anwesen, sonst werden wir Sie dazu zwingen«, sagt der Oberbefehlshaber. Wäre es nach Julius gegangen, dann hätte er schon bei der ersten Aufforderung das Schloss verlassen und wahrscheinlich auch noch größere Demütigungen hingenommen, als barfuß zu gehen. Doch nun steht er in diesem Raum und lächelt wie alle anderen die Soldaten süffisant an.

»Oh, wir sollten jetzt weglaufen«, spottet Oma Emma.

»Wir sind ausgebildete Kämpfer und werden in jeder Lage mit Gesocks fertig«, brüstet sich der Soldat.

»Ach, Sie werden sich doch nicht an einem Mädchen wie mir vergreifen wollen«, spottet Fatima.

»Jetzt reicht es«, sagt der Soldat und versucht sie zu fassen. Doch Fatima dreht sich flink zur Seite und stellt ihm ein Bein. Er gerät ins Straucheln und fällt direkt in Alex' Faust, die ihn wieder zurückkatapultiert. Nun laufen weitere

Soldaten auf die Freunde zu. Mary-Lou reißt sich den unteren Teil ihres Gewandes ab:

»Können Sie gern auf die Rechnung setzen!« Sie lacht dem Soldaten ins Gesicht. Auch die anderen Frauen reißen sich den unteren Teil ihres Kostüms ab, um wendiger zu sein. Ein durchaus netter Anblick, denkt Julius. Oma Emma hat ihr Gewand etwas zu kurz abgerissen und grinst Julius kurz an. Der Oberbefehlshaber hat sich aufgerappelt und steht jetzt vor Alex, während sich Finn, Markus und Mary-Lou um die anderen Soldaten kümmern, die inzwischen herbeigeeilt sind. Julius beobachtet verblüfft, wie Fatima mit freundlichem Gesichtsausdruck und faszinierender Eleganz ihren Angriffen ausweicht. Auch die zierliche Jasmin geht den Soldaten mit einer ungeheuren Geschicklichkeit aus dem Weg, so dass sie mit ihren Schlagstöcken ins Leere treffen und sich dabei völlig verausgaben. Die Beweglichkeit der Frauen ist beeindruckend. Es scheint geradezu so, als würden sie sich einen Spaß daraus machen. Auch Finns Kampfkunst ist bewundernswert. Er kämpft mit zwei mittelalterlichen Soldaten gleichzeitig. Während er dem einen Soldaten vor den Brustkorb tritt, schlägt er gleichzeitig den zweiten vor den Kopf, sodass sich beide Schläge gegenseitig ergänzen. Mit einem Tritt fliegt der Soldat in Richtung Theke. Finn kommt ihm zu Hilfe und verhindert, dass sein Kopf auf der Theke aufschlägt, indem er ihn geschickt zur Seite drückt und ihn so vor ernsten Verletzungen schützt.

»Liegenbleiben«, befiehlt er mit erhobenem Zeigefinger. Julius hat sich vor Jahren einmal mit der Kampfkunst Kung-Fu auseinandergesetzt und erkennt in Finn den Meister.

Damals hat er gelernt, dass es beim Kung-Fu nicht nur

um das Kämpfen geht, sondern um eine beeindruckende Lebensphilosophie. Die eigentliche Kunst besteht darin, Konzentration und Bewegungsabläufe permanent zu verfeinern. So geht es zum Beispiel bei der Hausarbeit nicht darum, sein Haus zu putzen, sondern seinen Bewegungsablauf zu trainieren, wobei am Ende des Trainings die Wohnung sauber ist. Bei der Ausbildung zum Kung-Fu-Meister lernen die Schüler, alle Aufgaben, die zu erledigen sind, als Training zu betrachten, und versuchen, sich darauf konzentrieren, anders als in der normalen Welt, wo die Gedanken oft in der Zukunft oder Vergangenheit verweilen und die Gegenwart vernachlässigt wird. Julius beobachtet, wie sich der Mann mit dem prachtvollen Gewand davonschleichen will und von Mary-Lou am Kragen gepackt wird. Mit der anderen Hand wackelt Mary-Lou mit erhobenem Zeigefinger und schüttelt den Kopf. Daraufhin hebt der Mann die Hände und geht zurück zum Tresen. Als Julius bemerkt, wie sich ein Soldat von hinten an Alex heranschleicht, rennt er auf ihn zu, bückt sich und rammt ihm seinen Kopf in die Nieren. Der Soldat schreit auf und fällt zusammen mit Julius zu Boden. Am Boden liegend, sieht Julius, wie Oma Emma einem Soldaten in den Hintern tritt. Als er sich daraufhin umdreht, wird er von Markus' Faust ausgeknockt. Oma Emma und Markus klatschen mit den Handflächen zusammen: Give me five.

Obwohl der Stoß schmerzhaft war, ist Julius nicht ernsthaft verletzt. Nun erblickt er die Hand von Alex über sich, der ihm aufhilft. Alle Soldaten liegen mittlerweile auf dem Boden und die so aufwendig angefertigten Gewänder sind ruiniert. Als sich ein Soldat aufrichten möchte, befiehlt Oma Emma:

»Liegenbleiben«, und er gehorcht sofort. Keiner von Julius' Freunden scheint sich ernsthaft verletzt zu haben.

»Ich finde, wir sollten uns noch von unseren Gastgebern persönlich verabschieden«, schlägt Alex vor.

»Das ist doch das Mindeste, was die Höflichkeit gebietet«, bestätigt Mary-Lou mit einem breiten Grinsen.

»Zunächst einmal sollten wir die Soldaten fesseln, damit sie uns nicht den Spaß verderben«, schlägt Emma vor.

Kurze Zeit später haben sie aus der Näherei nebenan dicke Kordeln und Bindfäden organisiert und die Soldaten gefesselt.

DER ABSCHIED

Nachdem die erstaunten Näherinnen ihnen ihre eigene Kleidung zurückgegeben haben und sie sie angezogen haben, kehren Fatima und Oma Emma zu dem gefesselten Vorsprecher im Nachbarraum zurück und klopfen ihm auf die Schulter.

»Du solltest dir einen andern Arbeitgeber suchen«, schlägt Fatima vor.

»Er bezahlt aber nicht schlecht«, entgegnet der Mann. Oma Emma greift in ihre Tasche und kramt eine Ein-Euro-Münze hervor.

»Da ja Geld die Welt regiert, bezahle ich Sie jetzt, damit Sie uns noch einmal ansagen«, sagt sie und drückt dem Mann mit dem prachtvollen Gewand das Geld in die Hand. Er schaut sie verblüfft an und sagt:

»Es ist mir eine Ehre, Sie noch einmal anzusagen, Frau Gräfin von Großenbaum.«

»So, und jetzt führen Sie mich und meine Begleiter zurück ins Schloss«, befiehlt Oma Emma mit Nachdruck. Fatima löst ihm die Fesseln. Der lädierte Mann steht mühsam auf, nimmt Haltung an und sagt:

»Bitte folgen Sie mir.«

Die Freunde folgen ihm über den Schlosshof zum Haupteingang und betreten das Schloss durch die große zweiflügelige Eingangstür. Der Vorsprecher in seinem jetzt nicht mehr ganz so prachtvollen Gewand geht einige Stufen auf die kleine Empore hinauf, zu dem Pult, und unterbricht das Stimmengewirr der zahlreichen Besucher mit der Glocke. Dann sagt er mit fester Stimme:

»Sehr geehrte Damen und Herren, ich begrüße noch einmal Gräfin von Großenbaum mit Begleitung.«

Die Gäste halten kurz inne, werfen einen kurzen Blick auf sie und unterhalten sich dann weiter. Mit Ausnahme der Herren mit den Perücken und der Dame mit der Betonfrisur, die ein wenig verwundert zum Eingang schauen. Zügig gehen die Freunde auf die Herrschaften am Kaminfeuer mit den hohen, weißen Perücken zu und haben sie rasch erreicht. Der Dicke, der Zwirbelbart, die Betonfrisur und der Schlossherr mit dem königlichen Umhang betrachten sie verblüfft.

»Wir wollten uns doch noch persönlich von Ihnen verabschieden, bevor wir gehen«, sagt Oma Emma ein wenig überheblich und hebt ihr Kinn ins Profil.

»Ach, und wenn wir hier fertig sind, möchte ich Sie bitten, die lustigen, mittelalterlich gekleideten Soldaten in der Näherei wieder loszubinden«, sagt Alex und spielt mit seinen Muskeln, die deutlich unter seinem Anzug zu sehen sind.

»Ich möchte, dass Sie gehen. Sie sind hier nicht erwünscht«, sagt der Schlossherr.

»Sie wollten uns ohne Schuhe von Hof jagen, und dabei haben wir uns so nett unterhalten. Das ist sehr unhöflich«, sagt Oma Emma, schüttelt bedauernd den Kopf und presst die Lippen zusammen.

»Sie gehören nicht hierher«, erklärt der Adelige im Umhang.

»Das glauben auch nur Sie. Und genau aus diesem Grunde haben wir uns überlegt, dass wir Ihnen ein wenig Demut beibringen müssen«, erklärt Oma Emma selbstbewusst. Der Schlossherr springt auf und baut sich bedrohlich vor ihr auf:

»Was erlauben Sie sich?« Doch dann tritt er kleinlaut

schnell einen Schritt zurück.

Abgeschirmt von seinen Freunden, baut sich Alex vor ihm auf und sagt langsam:

»Hinsetzen, sonst wird es hässlich. Und es soll doch ein schöner Abend bleiben, oder?« Sein Gesicht ist jetzt wie versteinert und seine Augen fixieren den Adeligen mit einer bedrohlichen Entschlossenheit.

»Wenn Sie nicht wollen, dass die Sicherheit dieser Veranstaltung gefährdet ist, dann tun Sie jetzt, was wir sagen«, gibt ihm Markus mit leiser Stimme und ernstem Gesichtsausdruck zu verstehen. Der Schlossherr bekommt einen flackernden Blick und setzt sich zögerlich wieder hin.

»Ach«, sagt der Zwirbelbart dümmlich, »ich muss mir noch die Achselhaare föhnen gehen«, und steht auf.

»Hinsetzen«, befiehlt Markus.

»O.K., das kann ich ja auch später machen.«

»So. Das ist geklärt. Oder hat hier noch jemand einen Einwand? Sie vielleicht?«, fragt Markus und deutet auf die Frau mit den versteinerten Haaren. »Oder vielleicht Sie?« Er deutet auf den Dicken. Beide schütteln den Kopf.

»Ja, dann ist ja alles geklärt. Ich möchte, dass Sie Ihre Schuhe und Ihre Strümpfe oder Strumpfhosen ausziehen, auch Sie«, befielt Markus und deutet auf die Betonfrau.

»Wofür soll das gut sein?« fragt der Gastgeber zaghaft.

»Sie können es sich aussuchen. Entweder laufen Sie jetzt freiwillig barfuß ein paar Runden über den Schlosshof oder wir werden Sie dazu zwingen«, erklärt Jasmin und grinst ihn freundlich an.

»Wer barfuß geht, den drücken die Schuhe nicht«, stellt der Zwirbelbart fest und zieht sich seine Schuhe und Socken aus. Überraschend ertönt die Glocke. Fatima steht auf dem kleinen Pult.

»Sehr geehrte Damen und Herren, ich darf ankündigen, dass in wenigen Augenblicken unser verehrter Gastgeber und seine Tischnachbarn Ihnen ein bisschen Demut demonstrieren und barfuß einige Runden über den Schlosshof rennen werden.«

»Sie haben nichts im Leben erreicht, Sie sind ein Nichts und das werden Sie auch immer bleiben. Dafür werde ich sorgen«, flucht der Schlossherr leise und kämpft mit seiner mittelalterlichen Strumpfbekleidung. Dann steht er auf, macht ein aufgesetzt freundliches Gesicht, winkt den Gästen verlegen zu und setzt sich wieder hin.

»Und Ihre größte Leistung ist wahrscheinlich, dass Sie reich geboren worden sind«, flüstert ihm Oma Emma ins Ohr, lacht und beginnt zu klatschen. Die umstehenden Gäste wenden sich der Gruppe zu, klatschen ebenfalls in die Hände und feuern die Barfuß-Truppe an.

»Jetzt geht's los«, stimmt Finn mit ein. Einige Gäste treten an den Tisch, um Oma Emma zu gratulieren. Widerwillig, mit einem zerknirschten Lächeln, zieht der Dicke die Schuhe aus. Ein penetranter Geruch macht sich bemerkbar. Der Schlossherr, der Zwirbelbart, der Dicke und die Betonfrisur gehen mit nackten Füßen zum Ausgang. Die Hände haben sie winkend erhoben. Markus und seine Freunde folgen ihnen. Die Gäste klatschen und begleiten die wichtigen Persönlichkeiten auf den Schlosshof. Die vier Herrschaften machen ein aufgesetzt freundliches Gesicht und laufen unbeholfen über das unebene Kopfsteinpflaster des Schlosshofs, von den Gästen klatschend angefeuert. Als Markus in der

Menge den Vorsprecher erblickt, geht er auf ihn zu und macht nun seinerseits eine Ansage:

»Wir möchten nicht länger die Gastfreundschaft Ihres edlen Herrn in Anspruch nehmen. Bitte holen Sie uns unsere Wagen.«

»Sehr gerne, mein Herr«, entgegnet ihm der Angestellte und geht zum Torhaus.

»Hiermit lehne ich den Aufenthalt in der Anlage *Sonnabend* ab«, bekundet plötzlich Oma Emma.

»Ich stimme dem Einwand zu«, bestätigt Markus. Die Freunde folgen dem Vorsprecher zum Torhaus, wo die beiden Männer in Rüstung zur Seite treten und ihnen den Weg freimachen. Sie gehen auf das kleine Häuschen vor der Zugbrücke zu. Der Mann im prachtvollen Gewand versichert, dass die Wagen bestellt sind und jeden Augenblick eintreffen werden, und verschwindet kurz in der kleinen, mittelalterlichen Grenzstation.

Auf der Zufahrtstraße tauchen plötzlich Polizeiautos auf, die genau auf sie zufahren.

»Sind das die Wagen, die Sie für uns bestellt haben?«, fragt Fatima. In diesem Augenblick stürmen schwerbewaffnete Polizisten aus dem Gebüsch. Die Freunde starren in unzählige Gewehrläufe.

»Sie haben doch wohl nicht gedacht, dass Sie nach so einer Nummer hier ungeschoren wieder wegfahren können?«, sagt der Vorsprecher.

»Nein, haben wir nicht, aber die Show war es uns wert. Das werden Sie wahrscheinlich nie verstehen«, erwidert Fatima.

»Ich habe heute erleben dürfen, dass es Menschen gibt, die sich nicht alles gefallen lassen«.

Die Polizisten nehmen Fatima mit besonderer Härte in Gewahrsam, als wollten sie demonstrieren, dass mit ihnen nicht zu spaßen ist. Eine Polizistin drückt Julius mit ihrem Knie brutal zu Boden und reißt seine Arme so hoch, dass er Angst hat, sie könnten auskugeln. Anschließend drückt die Beamtin die Handschellen so fest zusammen, als hätte sie ein persönliches Problem mit Julius. Daraufhin schubsen die Staatsdiener ihn und seine Freunde in den Gefangentransportwagen und fahren ohne Sirene, aber mit Blaulicht davon. Die Handschellen schneiden Julius so sehr ins Fleisch, dass er am liebsten aufschreien würde. Die Festnahme hat nur wenige Sekunden gedauert. So schnell, wie die Polizei kam, ist sie auch wieder verschwunden. Wahrscheinlich sollte der Einsatz die erhabene Veranstaltung so wenig wie möglich stören. Denn es ist natürlich ein schwerer Imageverlust, wenn ein Gastgeber die Sicherheit seiner Gäste nicht garantieren kann, denkt Julius. Er ist froh, als sie endlich an der Polizeiwache ankommen, denn er hat das Gefühl, dass die Handschellen ihm das Blut abschnüren.

DIE POLIZEIWACHE

Die Freunde werden von den Polizisten auf die Wache geführt. Sowohl vor als auch in der Polizeiwache herrscht reges Treiben. Eine Polizistin teilt ihren Kollegen mit, es sei kein Platz mehr und deshalb sollten alle in die Großraumzelle zu den Indianern gesperrt werden. Sie werden die Treppe hinuntergeführt und gehen durch einen Flur an den überfüllten Großraumzellen vorbei. Der Polizist öffnet die Tür zur letzten Zelle und Julius ist froh, als er ihm endlich, endlich die Handschellen aufschließt. Sie betreten die Zelle und Julius massiert sich die Handgelenke, die inzwischen fast taub sind. In der Zelle sitzen bereits drei hagere, große und durchtrainierte Männer auf der Bank. Jeder von ihnen trägt einen Knochen in der Nase, und ihre Augenhöhlen haben eine helle, schuppenähnliche Tätowierung, so dass die Augen ein wenig unheimlich wirken. Sie tragen Indianerkleidung und Mokassins. Die Männer begrüßen die Neuankömmlinge mit einem selbstsicheren Blick und nicken ihnen zu.

»Ich fühle mich unwohl«, sagt Fatima und setzt sich auf die Bank.

»Die können uns hier nicht lange festhalten«, entgegnet ihr Markus.

»Zum Glück sind wir nicht getrennt worden. Das ist ein gutes Zeichen«, beruhigt Mary-Lou die Freunde mit ihrer dunklen Stimme.

»Na ja, wir können ja eh nur abwarten«, sagt Alex, setzt sich neben einen Indianer und nickt ihm zu.

»Ich jedenfalls habe schon lange nicht mehr so viel Spaß gehabt wie heute«, versichert Oma Emma, deren Stimme vom Alkohol einen leichten Akzent hat.

»Zugegeben, wir haben uns nicht schlecht geschlagen«, bestätigt Fatima, während sie sich an Markus schmiegt.

»Ja, das war eine interessante Erfahrung, und obwohl wir uns bisher noch nie in solchen Kreisen aufgehalten haben, haben wir alle eine gute Performance abgeliefert. Und damit meine ich nicht nur die Prügelei«, fügt Jasmin hinzu. Plötzlich hat Julius den Philosophen vor Augen, der die Theorie vertritt, dass nahezu jeder Mensch eine unbewusste Urangst hat.

»Mir geht der Mann mit dem Pferdeschwanz und der kleinen Brille nicht aus dem Kopf.«

»Wen meinst du?«, fragt Fatima.

»Ich meine den Philosophen, der glaubt, dass die Habsucht und Gier der Menschen von einer unbewussten Urangst gesteuert werden.«

»Eine interessante Theorie. Das würde vieles in dieser Gesellschaft erklären«, bestätigt Mary-Lou.

»Und irgendwie einleuchtend.«

»Wenn er Recht hat und es in der Natur des Menschen liegt, seine Zukunft zu planen – was ist dann mit den Menschen, die dazu nicht in der Lage sind?«, fragt Julius.

»Ja, ich schätze, die haben es vergeigt«, lallt Emma und torkelt zu ihm auf die Bank.

»Vielleicht sind viele Menschen seelisch und körperlich krank, weil sie die Zukunft über längere Zeit nicht planen können«, philosophiert Fatima.

»Ist hier eine Frau Emma von Großenbaum?«, ertönt vor der Zelle die Stimme eines Polizisten.

»Ja, das bin ich«, gibt sich Oma Emma zu erkennen.

»Mitkommen«, befiehlt der Polizist und schließt die Zelle auf.

»Bis gleich«, flüstert Fatima und winkt ihr zu. Nachdem die alte Dame die Zelle verlassen hat, schließt der Beamte wieder zu und Emma wird vom Staatsdiener die Treppe hinaufgeführt.

»Zurück zum Philosophen. Er hatte auch gesagt, dass die Menschen in dieser Gesellschaft Angst vor dem Tod haben«, sagt Fatima.

»Was hat die Angst mit der Gesellschaft zu tun?«, fragt Julius.

DIE INDIANER

Plötzlich steht der Indianer in der Mitte auf und fragt mit fester Stimme:

»Sie haben ihn kennengelernt?«

»Wen kennengelernt?«, fragt Markus.

»Den Philosophen auf dem Schloss. Da kommen Sie doch her, oder? Kleine schwarze Brille, schlichtes Gewand, und mit der Theorie, dass die Menschen komplett die Orientierung verloren haben?«

»Ja, so könnte man den Mann beschreiben«, bestätigt Markus.

»Kennen Sie die Theorie?«, fragt der Indianer.

»Er stellt die These auf, dass es eine Urangst gibt, die in dieser Gesellschaft für Gier und Habsucht verantwortlich ist«, referiert Markus.

»Das ist wahr. Und doch ist es nur die halbe Wahrheit«, sagt der Indianer und atmet tief durch die Nase ein. Eine beeindruckende Person, denkt Julius. Da meldet sich eine klägliche, leise Männerstimme zu Wort:

»Der Tod gehört zum Leben.« Sie gehört dem ältesten der drei Männer links auf der Bank.

»Ja, das wissen wir«, sagt Markus und lächelt dem Indianer freundlich zu.

»Es gibt zwar Unterschiede in den vier Jahreszeiten. Aber alles bewegt sich in einem Kreislauf«, fährt die leise Stimme fort.

»Was meinen Sie damit?«, fragt Markus den alten Mann.

»Bei einem gut funktionierenden Volk hat jedes Mitglied einen Platz. Die Alten haben zum Beispiel die Aufgabe, auf

Grund ihrer Erfahrung wichtige Entscheidungen für die Gemeinschaft zu fällen. Sie sind in der Gruppe angesehen und werden von den Jüngeren mit Respekt behandelt. Sie wissen ihr ganzes Leben lang, dass dieser Platz für sie reserviert ist, und brauchen sich deswegen auch keine Sorgen um ihre Zukunft zu machen. Alle leben in einem bestimmten Sinnzusammenhang miteinander. Der Mensch braucht Beständigkeit, wie es die Natur vormacht, denn da kommen wir doch her«, erklärt der alte Krieger leise.

»Deswegen sind vielleicht Feste, die sich wiederholen, wie Weihnachten, Ostern oder Karneval, für uns so wichtig«, vermutet Julius.

»Ich möchte Ihnen allen eine Frage stellen«, sagt der Indianer in der Mitte.

»Stellen Sie sich einen Kirschbaum in einer unbewohnten Region mit dunkelroten reifen Kirschen vor. Die Frage lautet: Wem gehören die Kirschen? Gehören sie den Vögeln, die sie anpicken? Oder ist möglicherweise der Baum der Eigentümer über die Früchte? Denn er hat sie schließlich produziert. Womöglich besitzt ja auch die Erde das Eigentumsrecht auf die Schattenmorellen, denn sie hat die Rohstoffe zur Verfügung gestellt. Oder könnte es eventuell die Sonne und das Wasser sein, weil sie die nötige Energie geliefert haben? Vielleicht gehören sie ja auch niemanden weil die Natur in ihrem Lebenskonzept überhaupt kein Eigentum vorgesehen hat, nur der Menschen kann Eigentum besitzen? Und das auch nur, weil er es verteidigen kann.«

»Der Mensch hat anscheinend vergessen, dass er nur ein Gast auf diesem Planeten ist«, sagt der Indianer, steht auf und geht in die Mitte des Raumes.

»Und wenn man zu Gast ist, dann darf man zwar vieles benutzen, aber es ist nur vom Ganzen geliehen. Vielleicht sollte man die Erde eher wie ein Hotel sehen. Ein Ort, an dem der Gast bis kurz vorm Auschecken noch mit einem Cocktail am Pool liegen kann. Aber wenn er dann ausgecheckt hat, ist sein Platz für den nächsten Gast reserviert und denn er kann nichts mitnehmen, er hat es sich ja nur geborgt! Auf diese Art würde eine Solidargemeinschaft entstehen, wie sie auf diesem Planeten nur noch bei den Urvölkern besteht. Der Mensch würde nach Anerkennung, Ehre und Geborgenheit streben und Geld wäre nur ein Zahlungsmittel. Es käme dann nicht auf Effektivität und Effizienz an, sondern auf Vielseitigkeit, so wie es uns die Natur vormacht. Ihr braucht nur nach draußen zu schauen, um zu begreifen, wie die Natur funktioniert. Die ganze Arbeitswelt würde sich verändern. Die Menschen gehen nicht zur Arbeit, sondern treffen sich mit Gleichgesinnten, um eine Aufgabe zu lösen. Der Wert eines Menschen und seine Bedeutung würden dann nicht von seiner Herkunft oder seines Eigentumes abhängen, sondern an seinen Taten und Talenten bemessen werden. Denn jeder Mensch hat irgendein besonderes Talent. Natürlich müsste auch die Geldvermehrung durch Zinsen abgeschafft werden. Jegliche Art von Geldvermehrung ohne Gegenleistung ist ungerecht. Dass eine solche Ungerechtigkeit Normalität ist, zeigt, wie weit zivilisierte Menschen sich inzwischen von den Naturgesetzen entfernt haben.

Genau wie die aufgezwungenen Regelwerke. Denen sich jeder Bürger unterorten muss. Nehmen wir zum Beispiel das Finanzamt. Die Steuerregeln sind so komplex, dass sie nur von Spezialisten durchschaut werden.

Somit zwingt das Finanzamt die Menschen entweder einen teuren Dienstleister zu beauftragen, um sich katalogisieren zu lassen oder sie verlangt, mit Androhung von Sanktionen die sich ständig ändern Herausforderungen der Fachsprache selber zu erlernen. Das ist mit viel Zeitaufwand verbunden und macht dadurch alle Arbeiten aufwendig und teuer.

Solche aufgezwungenen und übertriebenen Regelwerke, im Volksmund auch Bürokratie genannt, bei der nur die wirtschaftlichen Interessen bedacht werden, verschleiern die Geldströme und erzeugen eine Abhängigkeit. So wird ein Klima geschaffen, bei der nur die menschliche Gier und die rücksichtslose Ausbeutung belohnt wird. Aber der Wert der Natur und somit auch das naturgerechte Leben des Menschen keine Beachtung findet. Somit macht diese Art von Bürokratie alle Menschen unfrei und ist wie eine Zwangsjacke zu betrachten.«

Alle starren den Indianer sprachlos an. Selbst in den Nachbarzellen ist es still, als ob auch die dortigen Insassen dem Monolog des Indianers zugehört hätten. Dann erklingt eine Stimme aus der Nachbarzelle:

»Bürokratie ist eine Geißel der Moderne.«
Eine andere Stimme flucht:

»Wollte, hätte, Fahrradkette. Solch einen Scheiß habe ich ja noch nie gehört! Wie soll das mit dem Hotel denn funktionieren?« Eine andere Stimme ruft:

»Der Mann hat Recht«, wieder eine andere:

»Ja, und was bringt uns das jetzt?«

Nachdem wieder Ruhe eingekehrt ist, möchte Markus von dem Indianer wissen: »Woher wisst ihr von dem Philosophen im Schloss?«

»Wir sitzen hier, weil wir auch zum Schloss wollten, aber vorher aufgeflogen und verhaftet worden sind. Wir wollten gegen diese Heuchler protestieren und einen alten Freund zur Rede stellen, sind aber leider nicht reingekommen«, berichtet der Indianer.

»Keine Sorge, dafür haben wir den hohen Herren ein bisschen Demut beigebracht und sie barfuß über den Schlosshof gejagt«, berichtet Fatima. Der Indianer wirft ihr einen anerkennenden Blick zu.

»Was habt ihr?«, vergewissert er sich. »Sie wollten uns ohne Schuhe vom Hof jagen und da haben wir den Spieß umgedreht«, erklärt Fatima ruhig. Da kommt Oma Emma mit den Beamten zurück.

»Fatima, mit deinem Gesang hast du uns schwere Probleme bereitet!«, ruft sie und zwinkert ihr mit einem Auge zu. Ungläubig blicken Julius und seine Freunde sie an. Der Beamte steckt die alte Frau mit dem selbstgenähten

Sommerkleid zurück in die Zelle und nimmt nun Julius mit. Sie gehen die Treppe hinauf und dann über einen langen Korridor in den Vernehmungsraum, in dem ein circa sechzig Jahre alter Polizist mit einem Schnäuzer sitzt.

»So, Sie haben also die Ruhe gestört?«, fragt er.

»Ich weiß nicht, was Sie meinen«, murmelt Julius ein wenig zurückhaltend.

»Sie haben sich mit einem sehr mächtigen Mann angelegt.«

»Wir hatten keine Wahl«, sagt Julius mit zittriger Stimme.

»Man hat immer eine Wahl. Sie haben die Leibgarde zusammengeschlagen.«

»Wir mussten uns doch verteidigen.«

»Und dann haben Sie Prof. Dr. Dr. von Heinau und seine

Gäste gezwungen, barfuß über den Schlosshof zu laufen.«
Julius schweigt.

»Nun, ich muss zugeben, dass ich, abgesehen davon, dass
Prof. Dr. Dr. von Heinau auf politischer Ebene ein Fürspre-
cher der Polizei ist, kein Freund der Familie bin. Aber er ist
nun einmal der Chef.«

»Wieso sind Sie kein Freund von Prof. Dr. Dr. von
Heinau?«, fragt Julius nach.

»Die Fragen stelle ich«, betont der Polizist, erzählt dann
aber weiter: »Die Arroganz dieser Familie ist außerordent-
lich. Der Sohn hat letzte Woche in Dubai bei einem privaten
Autorennen mitten in der Stadt einen Menschen getötet, ist
aber dafür nicht belangt worden.«

»Wieso nicht?«, fragt Julius.

»Immunität!«, schimpft der Polizist. »Die können machen, was sie wollen, und stehen über dem Gesetz. Erst heute
hat er wieder eine Frau verletzt und den Unfallort einfach
verlassen. Unbekannte haben ihr das Leben gerettet.«

»Die Unbekannten waren wir. Wir haben die Frau
wiederbelebt und aus dem Lamborghini befreit.«

»Sie?«

»Ja. Und aus Dankbarkeit hat Prof. Dr. Dr. von Heinau
uns zu dieser Benefizveranstaltung eingeladen.«

»Sie haben die Frau gerettet?«, wiederholt der Polizist.
»Und aus Dankbarkeit will er euch barfuß vom Hof
jagen?«

»Ich vermute, er hat herausgefunden, dass wir nicht
vermögend genug sind, um an dieser elitären Veranstaltung
teilnehmen zu dürfen.«

»Aber Sie haben ihm gedroht.« Julius schaut den Polizisten an und zieht die Achseln hoch. Plötzlich kommt ein junger Polizist ins Büro und sagt:

»Ich habe die Angaben von Frau von Großenbaum überprüft. Alle Angaben bezüglich des Autounfalls sind korrekt. Der Android-Verkäufer hatte den Speicher seines Androiden noch nicht gelöscht, und so konnte der Android alle Angaben bestätigen.«

»Nun ja, dann bleibt nur noch die Angelegenheit mit der Drohung. Prof. Dr. Dr. von Heinau hat berichtet, dass er um Leib und Leben fürchten musste.«

»Das muss Herr Prof. Dr. Dr. Dr. von Heinau wohl falsch verstanden haben.«

»Es sind nur zwei Doktortitel, aber da kann man schnell durcheinander kommen. Ob zwei, drei oder zehn, die hohen Herren haben merkwürdigerweise alle mehrere Doktortitel. Sie scheinen auf Grund ihrer Herkunft alle dafür prädestiniert zu sein, einen Doktortitel zu bekommen«, sagt der Polizist ein wenig süffisant.

»Oh, ja, natürlich«.

»Frau von Großenbaum hat berichtet, Sie hätten gedroht, wenn die hohen Herrschaften nicht barfuß über den Platz laufen würden, würde Fatima mit ihrer schrecklichen Stimme singen. Stimmt das?«, fragt der Polizist eindringlich. Julius schaut ihn verdutzt an. Er erinnerte sich an Oma Emmas Worte, Fatima habe die Gruppe mit ihrem Gesang in große Schwierigkeiten gebracht. Sollte das etwa ein Hinweis für ihn sein? Wenn er es bestätigen würde, würde er eine Straftat zugeben. Oder wollte ihm Oma Emma damit etwas anderes mitteilen?

»Ja, es stimmt, Fatima hat gedroht zu singen.«

»Sie geben die Tat also zu.«

Jetzt weiß Julius, dass er einen Fehler gemacht hat. Aber welche Alternative bleibt ihm?

»Nun, dann muss ich Sie jetzt einsperren«, erklärt der Beamte mit einem leicht amüsierten Gesichtsausdruck, macht eine Pause und fährt dann fort:

»Ach, so ein Pech, ich kann Sie ja gar nicht einsperren. Alle unsere Zellen sind schon überwiegend mit Klein- oder Kleinst-Kriminellen überfüllt, und das neue Gefängnis wird erst im nächsten Monat fertig. Ist übrigens die erste private Einrichtung. Mittlerweile haben private Investoren das Gefängnis als lukratives Geschäft entdeckt. Das heißt, je mehr Gefangene es gibt, desto größer der Gewinn. Ist übrigens auch von Heinau beschlossen worden. Den Doppeldoktor lasse ich jetzt mal weg. Aber leider ist das Gefängnis noch nicht fertig, und so leid es mir tut, muss ich Sie daher gehen lassen. Und ich kann auch niemanden nur deshalb festnehmen, weil er gedroht hat, zu singen. Da hätte ich ja eine Menge zu tun. Noch leben wir in einem Rechtsstaat!«, bekräftigt der Polizist. Julius ist erleichtert.

»Sie werden natürlich mit einer Anzeige rechnen müssen. Aber erst einmal kommen Sie nach Hause, und zwar alle. Ich schau mal eben... es fährt sogar noch ein Zug. Und da die Polizei Sie nicht ohne Geld und Fahrschein gehen lassen kann, gibt es auch einen Fahrschein von Staat.« Nun lächelt Julius.

»Aber bevor Sie gehen – nun erzählen Sie einmal, wie es ausgesehen hat, als die hohen Herrschaften barfuß über den Hof gewatschelt sind.« »Gern«, sagt Julius.

Als sie aus der Zelle entlassen werden, verabschieden sich die Indianer von ihnen, indem sie jedem in die Augen schauen und ihm oder ihr die Hände auf die Schulter legen und zunicken. Die Verabschiedung nimmt einige Zeit in Anspruch. Der Beamte, der die Gruppe entlassen möchte, mahnt bereits ungeduldig zur Eile. Wenig später sitzt Oma Emma mit ihrer Begleitung im Mannschafts-Transportwagen und wird zum Bahnhof gefahren.

DER WEG NACH HAUSE

»Soll ich singen?«, sagt Fatima grinsend.

»Öh, äh, vielleicht später«, entgegnet ihr Finn. Sie trotten durch den Bahnhof auf die Drehkreuze zu.

»Dies ist das erste Mal, dass ich eine richtige Fahrkarte habe. Wie langweilig«, offenbart Mary-Lou ihren Freunden.

»Ach, heute haben wir doch schon genug erlebt«, erwidert Jasmin. Sie passieren das Drehkreuz und betreten den Bahnsteig.

»Morgen sind wir ja wieder auf der Jagd«, beruhigt sie Alex.

»Irgendwie glaube ich, dass wir morgen fette Beute machen werden«, prophezeit Mary-Lou. Schon fährt ihr Zug ein, und sie können sofort einsteigen. Der Zug ist nur spärlich besetzt, und die wenigen Passagiere haben den gewohnten merkwürdigen Geisterblick. Dennoch betreten die Freunde die obere Etage des Zuges.

»Mit dem Oberbullen haben wir aber Glück gehabt«, sagt Julius erleichtert.

»Noch leben wir in einen sogenannten Rechtsstaat, noch«, antwortet Mary-Lou. Wie es der Zufall will, beobachten sie auf dem Bahnsteig eine nicht besonders gut gekleidete Frau, die sich umschaut, eine leere Pfandflasche aus der Mülltonne nimmt und sie in ihre Tasche steckt.

»Noch vor ungefähr drei Stunden habe ich Kaffee mit Goldstaub getrunken, und der Spargel ist bestimmt um den halben Globus geflogen«, sagt Markus.

»Was der Indianer gesagt hat, ist wahr – das ist alles nicht mehr natürlich«, fügt Fatima hinzu.

Der Zug setzt sich in Bewegung. Die Waggonräder und die stümperhaft angebrachten Plastikverkleidungen im Waggon geben die gewohnten knackenden und schabenden Geräusche von sich.

»Wir sind Spielfiguren in einem riesigen Monopoly-Spiel, wobei jede Runde eine Generation widerspiegelt. Wir befinden uns jetzt in folgender Spielphase: Straßen, Bahnhöfe, Elektrizitätswerk und Wasserwerk sind verkauft und die meisten Spieler befinden sich in großer Not, weil sie ihre Miete nicht mehr bezahlen können. Jeder weiß, wie das Spiel immer endet. Nur ist es eben kein Spiel«, erklärt Finn. Die anderen nicken und schauen aus dem Fenster in die Nacht hinaus.

»Nun ja, der ganze Globus ist mittlerweile gewinnbringend vermarktet geworden, wobei der Gewinn alles rechtfertigt«, meldet sich Finn noch einmal zu Wort.

»Wobei es meist Verlierer gibt, und das wird wohl der Grund für die ganzen Wohlstandskrankheiten sein«, murmelt Mary-Lou.

»Du meinst Burnout, Alkoholismus, Fettleibigkeit, Depressionen und so?«, fragt Julius.

»Ja, und natürlich auch Angst vor der Zukunft.«

Der Zug hält in Gelsenkirchen und sie steigen aus. Obwohl eine leichte Brise weht, riecht die Luft gleich nach zu Hause. Es dauert einige Minuten, bis sie sich wieder an den Gestank gewöhnt haben. Da es den Freunden zu lange dauert, auf die U-Bahn zu warten, entschließen sie sich, die wenigen Meter nach Hause zu laufen, und schlendern die ehemals prächtige, aber jetzt verkommene Einkaufspassage entlang durch die sternenklare Nacht. Die meisten Geschäfte stehen leer, es gibt nur noch einen Discounter an der Ecke und einige Ein-Euro-Läden, in denen einem beim Betreten des Geschäftes der Kunststoffgeruch direkt ins Gehirn steigt.

»Gespenstisch hier, finde ich«, unterbricht Jasmin die Stille. Sie überqueren die Straße und erreichen ihren Stadtteil Schalke.

»Man sollte einmal über die sogenannten Besitzrechte nachdenken, so wie die Indianer es vorgeschlagen haben. Nur weil sie schon immer so waren, heißt das nicht, dass sie so richtig sind!«, schimpft Finn.

DAS BETRIEBSSYSTEM

Kurz vor dem Haus der Freunde steht eine Litfaßsäule, die schon lange nicht mehr mit Werbung beklebt worden ist und im Sternenlicht unnatürlich weiß wirkt. Dort setzen sie sich auf eine kleine Mauer. Plötzlich sagt Finn:

»Wir brauchen ein neues Betriebssystem.«

»Betriebssystem?«, wiederholt Markus.

»Ja, das Betriebssystem Kapitalismus ist für das Kapital, und wir brauchen ein Betriebssystem für das Leben. So, wie es die Indianer vorgeschlagen haben«, philosophiert Julius weiter.

»Du meinst: Das Betriebssystem Kapitalismus abschaffen und stattdessen ein System für das Leben erschaffen?«, überlegt Jasmin.

»Basis dieses Betriebssystems müsste es sein, dass alles auf Lebenszeit nur geborgt ist«, überlegt Mary-Lou weiter.

»Die Natur macht es uns doch vor«, wirft Fatima ein. »Wenn ein Vogel ein Nest für seine Nachkommen baut und es seinen Zweck erfüllt hat, wird es verlassen und steht anderen Vögeln zur Verfügung.«

»Sehr interessant. So könnte zumindest in den Industrieländern mit den Errungenschaften unserer Vorfahren ohne Probleme eine bedingungslose Grundversorgung für jeden möglich werden«, sagt Markus.

»Dann wäre die Leistung einer Altenpflegerin oder einer Klofrau wertvoller für die Gesellschaft als die Leistungen eines Geldverwalters...«, überlegt Finn.

»Wieso wäre eine Klofrau dann wertvoller als jetzt?«, fragt Emma.

»Bei einer bedingungslosen Grundversorgung könnte man sie nicht dazu zwingen, eine solche Arbeit zu tun, sondern müsste sie dafür belohnen«, erklärt Markus.

»Aber ein solches Betriebssystem würden die Machthaber niemals zulassen«, wendet Jasmin ein.

»Natürlich nicht, das kann nur der Bodensatz der Gesellschaft mit Hilfe der Mittelschicht einfordern«, bestätigt Markus.

»Kennst du den Spruch: Stell dir vor, es gibt Krieg und keiner geht hin?«, fragt Finn.

»Verstehe ich nicht«, sagt Julius. »Man könnte auch sagen: Stell dir vor, es gibt Kapitalismus und keiner macht mit.«

Julius ist sich immer noch nicht sicher, was ihm Finn damit sagen will, belässt es aber dabei.

»Aber gäbe es dann nicht Mord und Totschlag?«, wendet Oma Emma ein.

»Zurzeit herrscht doch überall auf dem Globus Sodom und Gomorrha. An jeder Ecke kommt es zu Unruhen. Die Medien berichten jeden Tag von schrecklichen Ereignissen, weil wir unsere sogenannten Werte verteidigen müssen. Woran liegt das denn?«, fragt Mary-Lou.

»Wenn man zum Beispiel den Polizeiapparat als Software betrachten würde, dann ließe er sich ohne Probleme auf das neue Betriebssystem installieren, genauso wie das Bürgerliche Gesetzbuch oder die Menschenrechte und viele andere brauchbare Programme mehr. Das verzinste Geldsystem oder das Vererben von Besitz wären allerdings mit solch einem Betriebssystem inkompatibel«, sinniert Jasmin.

»Aber das wäre doch wie eine Enteignung! Das ist grausam und ungerecht!", wendet Julius ein.

»Nein. Es geht nur darum, dass sich Besitz verbrauchen muss und nicht wie eine Kapitalanlage zu betrachten ist. Gerade Landbesitz ist nur geliehen. Es ist nicht richtig, dass sich Reichtum nur auf Grund des Reichtums vermehrt«, erklärt Markus.

»Der Werbeterror dürfte mit solch einem Betriebssystem auch nicht kompatibel sein«, ergänzt Oma Emma.

»Bei Apotheken hat das schon immer funktioniert. Da hatten auch kleinere Firmen eine Chance zu existieren, denn die Menschen durften mit den Verkäufern reden. Der Buchhandel hat auch nach diesem Prinzip funktioniert«, überlegt Jasmin.

»Ja, das jetzige Betriebssystem degradiert den Menschen zum bloßen Käufer«, schimpft Finn.

»Aber es ist doch illusorisch, eine Weltordnung zu stürzen«, bedenkt Julius.

»Es wäre theoretisch möglich, wenn sich der Bodensatz der Gesellschaft vereinigen und versuchen würde, sich eigenständig selber zu versorgen«, sagt Finn.

»Auf jeden Fall besser, als sich ständig mit virtuellen Welten zu beschäftigen und in der Realität alles passiv über sich ergehen zu lassen«, äußert Mary-Lou nachdenklich.

»Du meinst, wir sollen die sichere, bequeme Wohnung verlassen, um uns mit Gleichgesinnten zu treffen?«, lästert Jasmin.

»Ja, und die Superreichen könnten sich gern weiterhin ihrer Verantwortung entziehen und dann endgültig mit ihren Megajachten auf den Weltmeeren entschwinden«, scherzt Finn.

»Wir sind doch schon lange aus dem Spiel ausgestiegen! Aber ab heute zeige ich meinen Protest öffentlich und zeichne ein Strichmännchen an die Litfaßsäule mit meinen Namen darunter«, entscheidet Fatima und skizziert einen Kopf auf die Litfaßsäule. Dann zeichnet sie Arme und einen Strich als Oberkörper, darunter ein Dreieck als Kleid und Beine und schreibt ihren Namen darunter. Nachdem Fatima sich mit einem weiblichen Strichmännchen verewigt hat, zeichnet Finn ein männliches daneben und schreibt seinen Vornamen darunter. Am Ende stehen Fatima, Finn, Markus, Emma, Jasmin, Mary-Lou, Alex und Julius als Strichmännchen rund um die Litfaßsäule zusammen. Zufrieden betrachten die Freunde ihr Werk und gehen weiter.

Als Julius endlich zu Hause ist und sich auf sein Bett fallen lässt, fühlt er sich schrecklich allein. Vollkommen erschöpft schläft er ein.

ALPHA DREI

Es ist lange her, dass er gezweifelt hat. Doch er hat das innere Warnsignal schon so oft überhört, dass er es mittlerweile kaum noch wahrnimmt. Die Hauptsache ist doch, dass man sich gut fühlt, und dann ist es egal, dass dieses Gefühl künstlich hervorgerufen wird. So hat Julius immer gedacht, doch diesmal ist es anders. Zum ersten Mal kommen ihm große Zweifel, dass er wirklich das Richtige tut, und einige Minuten lang sitzt er unentschlossen auf seiner Liege. Doch dann drückt er trotzdem auf den Button *einloggen.*

Als er die Augen öffnet, liegt er auf seiner Pritsche in seinem Quartier. Das Zimmer befindet sich im Schlafmodus und ist deswegen nur schwach beleuchtet. An den Vibrationen des Schiffes erkennt er, dass sie ohne die Kraft der Energieblase fliegen. Der rote Streifen am Bedienteil neben der Tür blinkt. Stiller Alarm. Es besteht also höchste Alarmbereitschaft. Legolas springt von seiner Pritsche und befiehlt:

»Licht an.«

Es wird langsam heller. Seine anfänglichen Zweifel, ob er das Richtige tut, sind wie weggeblasen.

»Schön, wieder zu Hause zu sein«, denkt er. Vorsichtig verlässt er sein Quartier und geht in Richtung Brücke. Der Flur ist normal beleuchtet, und nichts deutet auf etwas Ungewöhnliches hin. Auch im Vorraum zur Brücke ist nichts Auffälliges zu sehen. Die Brücke ist verlassen. Er geht durch die Schiebetür und setzt sich auf seinen Platz. An den Wänden des Kommandostandes blinkt der rote

Alarmstreifen. Doch auch auf dem dreidimensionalen, holographischen Monitor, der die Umgebung des Schiffes zeigt, ist nichts Ungewöhnliches zu erkennen. Der Raumgleiter fliegt mit Autopilot in Richtung Alpha drei, aber nur sehr langsam. Bei der gegenwärtigen Geschwindigkeit würden sie drei Jahre, zwei Monate und einen Tag bis dorthin brauchen. Legolas sucht per Innenkamera seine Mannschaft und findet Hermine und den Brillenmann im Maschinenraum. Sie scheinen die Magnetspulen zu justieren. Legolas schwenkt die Kamera, um den kompletten Maschinenraum ins Bild zu bekommen, doch auch hier scheint alles in Ordnung zu sein. Dann übermittelt er ein knackendes Geräusch in den Maschinenraum, und Hermine antwortet:

»Hallo. Na, von den Toten erwacht?«

»Was ist los, wieso wurde der rote, stille Alarm ausgelöst?«

»Du kannst ihn jetzt ausschalten. Wir wollten nur nicht, dass du hier unbedacht herumläufst. Wir haben Ungeziefer am Bord.«

»Was für Ungeziefer?«

»Durch die Fahrwerksluken sind doch ein paar Wüstenwullochs an Bord gekommen, aber wir haben das Problem mittlerweile gelöst. Leonardo kümmert sich um die Reste.«

»Wo ist er?«

»Wahrscheinlich irgendwo im Laderaum.«

»Ich helfe ihm«, sagt Legolas und sucht Leonardo mit der Laderaumkamera. Er findet ihn und beobachtet, wie Leonardo die erlegten Wüstenwullochs auf einen Haufen wuchtet. Legolas läuft zu seinem Quartier, um ein langes Messer und seinen Wurfspeer zu holen. Natürlich hat er auch eine

Schusswaffe in der Schublade, doch es ist gefährlich, ein Schießeisen auf einem Raumschiff zu benutzen, denn man könnte dabei sensible Teile oder die Außenhaut treffen. Trotzdem greift er jetzt nach seiner Waffe, läuft durch den Flur in den Vorraum zur Brücke und steigt in den Aufzug. Die Schiebetür des Aufzuges öffnet sich, und nun sind die Auswirkungen des Kampfes mit den Wüstenwullochs deutlich zu sehen. Der Laderoboter liegt umgestürzt im Laderaum und auf dem Boden befinden sich Blutlachen. Plötzlich läuft aus der Ersatzteilecke ein kleiner Wüstenwulloch auf Leonardo zu.

»Vorsicht, hinter dir.«, schreit Legolas warnend. Leonardo dreht sich um und schleudert dem Tier seinen Dolch in den Kopf.

»Oh, den haben wir übersehen«, stellt er fest.

»Na, wie war es auf der Erde?«

»Diesmal hatte ich beeindruckende Erlebnisse.«

»Was ist passiert?«

»Ich habe sehr beunruhigende Entwicklungen auf der Erde beobachtet.«

»Ha, deswegen haben wir uns ja auch für dieses Abenteuer entschieden«, rechtfertigt Leonardo seinen Aufenthalt in der *Neuen Welt*.

»Ja, aber was machen wir, wenn die reale Welt nicht mehr existiert?«

»Ich glaube, du warst in letzter Zeit zu oft auf der Erde und machst dir zu viel Sorgen. Außerdem ist es verboten, hier in der *Neuen Welt* über die Zustände auf der Erde zu reden.«

»Ja, schon. Aber hast du dich nie gefragt, warum?«

»Wenn wir die Probleme der Erde mitnehmen, dann sind

wir nicht mehr frei. Mach dir nicht so viele Gedanken. Wir haben hier ganz andere Probleme«, erklärt Leonardo.

»Wie ist der Stand?«, fragt Legolas.

»Zuerst mussten wir uns um das Problem mit dem Ungeziefer kümmern. Zahlreiche Biester hatten sich in den Fahrwerksbuchten versteckt. Aber ich glaube, wir haben sie jetzt alle erwischt. Ich wollte hier nur noch aufräumen. Hermine und der Brillenmann kalibrieren inzwischen die Spulen, damit wir endlich weiterkommen. In spätestens drei Stunden müssen wir auf Alpha drei sein, sonst können wir unseren Auftrag vergessen.«

Plötzlich ertönt ein immer lauter werdendes, pochendes Geräusch.

»Sie haben es also geschafft«, stellt Legolas erleichtert fest. »Dann kann es ja jetzt weitergehen«.

Nachdem sie alle Schwierigkeiten beseitigt haben, befinden sie sich jetzt im Orbit von Alpha 3. Der Raumgleiter folgt dem Transponder-Signal und landet schließlich auf einem Landeplatz neben einem Krankenhaus. Legolas fährt die Laderampe herunter, und sogleich wird sie von acht in Weiß gekleideten Menschen betreten. Einige Helfer tragen mithilfe von Laderobotern Paletten voller Medikamente in den Raumgleiter. Als Legolas mit dem Aufzug hinunterfährt, um die Delegation zu begrüßen, steht sie schon vor dem Aufzug. Die Schiebetür öffnet sich und eine Frauenhand streckt sich Legolas entgegen.

»Ich bin Prinzessin Oxana. Warum kommen Sie so spät, und wann können wir losfliegen?«

»Wir sind bereit und können sofort starten, sobald wir die angeforderten Lebensmittel, Wasser und Ihre Medikamente geladen haben. Übrigens, ich bin hier der Captain. Sie können mich Legolas nennen.«

»Sehr schön. Wo sind unsere Quartiere?«, fragt die Prinzessin schnippisch.

»Bitte folgen Sie mir«, erwidert Legolas und bittet sie mit einer Handbewegung in den Aufzug.

»Ich schlage vor, dass Sie erst einmal allein mitkommen, sonst wird es zu eng im Aufzug. Meine Crew kümmert sich um Ihre Mitarbeiter. Bitte kommen Sie.

»Einverstanden«. Sie fahren ein Deck höher zu den Gästequartieren und Legolas zeigt Prinzessin Oxana ihr Zimmer. Sie betritt ihre Suite und wirft ihr Gepäck auf das Bett. Wenig später betritt Hermine mit den anderen Gästen den Korridor und zeigt auch ihnen ihre komfortablen Zimmer.

Die Spulen halten tagelang ohne Komplikationen, bis sie Alpha 4 erreicht haben. Nachdem sie die Delegation mit den Medikamenten auf Alpha 4 abgesetzt haben, wo sie die Ausbreitung der Seuche verhindern konnten, sind sie nun auf dem Weg zu neuen profitablen Abenteuern, die sie auch ohne größere Probleme meistern. Sie cruisen durch die Galaxie und lernen fremde Welten und kuriose Zivilisationen kennen. Mittlerweile haben sie ein weiteres Crewmitglied, eine Spezialistin für Sprachen. Auch sonst hat sich einiges verändert. Vor allem für Legolas ist das neue Crewmitglied eine besondere Bereicherung. Er unterhält zu Comtesse Goldstein eine Beziehung, die weit über eine Freundschaft hinausgeht. Die Ereignisse auf der Erde hat er vollkommen verdrängt, denn er ist frisch verliebt und das Leben könnte nicht schöner sein. Das neue Crewmitglied ist mit zahlreichen Aufgaben auf dem Schiff betraut.

Als sie eines Tages alle auf der Brücke stehen und einen Planeten anfliegen, der noch nicht kartografiert wurde, fällt Hermine plötzlich bewusstlos zu Boden, und noch bevor sie begreifen, was passiert ist, auch Comtesse Goldstein. Dann wird es auch um Legolas dunkel.

DIE KÄLTE

Vorsichtig nimmt Julius die Maske ab. Es ist dunkel und kalt. Der Lungenautomat hat die Luft auf angenehme Temperatur vorgeheizt, doch nun strömt kalte Luft in Julius' Lungen, so eisig, dass er nur langsam kleine Atemzüge machen kann. Die Kälte liegt wie ein dichtes Tuch auf seinem Gesicht. Auch sein Anzug verliert schnell seine angenehme Wärme und Frost kriecht langsam in seinen Körper. Er braucht einige Sekunden, um sich zu sammeln. Ihm wird klar, dass ihm der Anzug keine Wärme mehr spenden wird und er sich ausstöpseln muss. Vorsichtig, aber doch zügig zieht er die farbigen Stecker aus seinem Anzug und den fest installierten Venenkatheter aus seiner Leiste. Dann öffnet er den Reißverschluss und steigt aus dem Anzug. Grausame Kälte schlägt ihm entgegen. Er stolpert zum Lichtschalter, doch es bleibt dunkel. Er taumelt aus dem Badezimmer und öffnet die Tür zum Wohnschlafraum. Dort ist die Kälte unerträglich. Er versucht erfolglos, das Licht einzuschalten, und tastet sich vorsichtig zum Kleiderschrank. Auch die Straßenlaterne vor dem Haus spendet kein Licht. Julius orientiert sich tastend und zieht mehrere warme Kleidungsstücke übereinander an. Der Anzug und die Körpertemperatur haben wahrscheinlich das kleine Badezimmer ein wenig mehr erwärmt, denkt er, denn im Wohnzimmer scheint es kälter zu sein. Er legt sich ins Bett und zieht die Bettdecke bis zum Hals, um sich aufzuwärmen. Er zittert am ganzen Körper, und es dauert lange, bis er langsam wieder warm wird. Erschöpft schläft er ein.

Als er aufwacht, ist es noch immer oder schon wieder dunkel. Er liegt mit mehreren übereinandergezogenen Kleidungsstücken und warmen Schuhen im Bett unter zwei Bettdecken. Zum Glück, denkt er, habe ich während meiner Aufenthalte auf der Erde meine Wohnung gepflegt und aufgeräumt, so dass ich meine Sachen sogar im Dunklen finde. Plötzlich bemerkt er vor dem Fenster ein orangefarbenes, unregelmäßiges Flackern und hört viele Stimmen, die durcheinanderreden. Was kann das sein?, fragt er sich, steht auf und geht zum Fenster. Die Fensterscheibe ist vereist, nur in der Mitte ist ein kleines Guckloch frei. Julius schaut hindurch und sieht, dass es geschneit hat. So viel Schnee hat er noch nie gesehen. An seinem Fenster hängen dicke Eiszapfen. Das orangene Flackern kommt von einer brennenden Tonne, an der sich eine Gruppe von Menschen aufwärmt. Julius beobachtet, wie einige Männer Müll in die Tonne werfen. Schwarze, lodernde Rauchschwaden steigen zum Himmel. Nicht weit entfernt ist eine alte Badewanne zur Feuerschale umfunktioniert worden, um die herum ebenfalls Menschen stehen und sich am Feuer wärmen. Als Julius' Blick über die Dächer schweift, sieht er unzählige schwarze schemenhafte Rauchschwaden zum Himmel aufsteigen. Um mehr herauszufinden, muss ich nach unten gehen, denkt er, tastet sich zu seinem Schrank hinüber und öffnet die dritte Schublade. Dann greift er in die hintere rechte Ecke, holt eine Rolle Panzerband heraus und klebt sich die Hosenbeine zu, damit ihm keine Ratten hineinkriechen können. Er zieht die dicke Jacke an und geht zur Tür. Einen Vorteil hat die Kälte, überlegt er, es stinkt nicht mehr so übel. Er klettert über das alte Sofa in den Flur und verlässt das Haus. Auf der Straße herrscht reges Treiben. Noch nie hat Julius hier so viele Menschen gesehen und fragt sich, woher sie nur alle kommen mögen. Doch er sieht kein bekanntes Gesicht. Die Menschen stehen um die Feuerstellen herum und unterhalten sich. Eine Frau fragt, wo es etwas zu essen gibt und wie es weitergehen soll. Zwei Männer schließen einen Handel ab, Kartoffeln gegen Kohlen, und besiegeln ihn mit einem Händedruck. Julius beschließt, seine Freunde aufzusuchen, die zwei Straßen weiter wohnen. Der Schnee liegt teilweise zwei Meter hoch, dazwischen sind Schneisen freigeschaufelt worden. Julius zieht einen Handschuh aus und versucht ein bisschen Schnee in die Hand zu nehmen. An den Rändern der Schneisen ist der Schnee eisenhart, und Julius kann nur kleine Bröckchen davon abbrechen. Plötzlich fällt ihm die eigenartige Stille auf. Der Schnee scheint den Schall zu schlucken. Die weiße Pracht erzeugt ein knackendes Geräusch unter seinen Schuhen, das ihn an seine Kindheit erinnert. Er läuft weiter durch die unwirkliche Welt. Bald kommt es ihm so vor, als sei er in der *Neuen Welt* und besuche einen fremden Planeten. Solche Schneeberge würde er eher in den Alpen oder auf dem Winterberg im Sauerland vermuten, aber nicht hier. Der Schnee reflektiert das wenige Licht, sodass der Weg trotz der Dunkelheit gut zu erkennen ist. Viele Menschen, denen Julius begegnet, haben eine Taschenlampe oder eine Laterne in der Hand. Als die Schneise einen Bogen macht, sieht Julius in der Ecke eine alte Frau reglos im Schnee liegen. Vorsichtig nähert er sich ihr und erkennt, dass sie schon länger tot ist. Sie ist halb vom Schnee bedeckt und im Eisschnee festgefroren.

»Sie muss schon länger hier liegen. Wieso hat sie keiner hier weggeholt?«, fragt sich Julius.

»An den Anblick wirst du dich wohl in Zukunft gewöhnen müssen«, ertönt hinter ihm die Stimme eines Mannes, der schnell weitergeht und in der Dunkelheit verschwindet. Julius starrt die tote Frau an und geht nach einigen Sekunden selbst weiter. An der nächsten Gabelung muss er überlegen, wohin er sich nun wenden muss. Die Schneeberge und die unlogisch angeordneten Wege erschweren ihm die Orientierung. Julius entscheidet sich für die linke Schneise und stolpert los. Nach einigen Metern kommen ihm zwei junge Männer entgegen und stellen sich im in den Weg.

»Gib mir deine Jacke«, befiehlt der eine und baut sich breitbeinig vor ihm auf. Zum Weglaufen ist es zu spät, denkt Julius, und mit seinen verkürzten Sehnen ist das auch nicht gut möglich. Außerdem weiß er, dass er es nicht mit den beiden Männern aufnehmen kann. Aber er kann bluffen. In jungen Jahren hat er einmal ein wenig Kampfsport betrieben und kann sich noch an die Verteidigungsstellung erinnern. Er nimmt die Fäuste nach oben und sagt laut:

»Sie wissen ja nicht, wen Sie vor sich haben.« Der Mann lacht und nimmt ebenfalls die Fäuste hoch.

Julius bemerkt, wie jemand an ihm rüttelt und sagt:

»Sie müssen aufstehen, sonst erfrieren Sie.« Er öffnet die Augen und sieht ein kleines Mädchen vor sich knien, das ihn schüttelt. Ihm brummt der Schädel. Als er sich an den Kopf fasst, bemerkt er eine blutende Wunde. Von den Männern und seiner Jacke ist nichts mehr zu sehen. Das kleine Mädchen hilft ihm auf. Nach einigen Sekunden hat sich sein Kreislauf so weit stabilisiert, dass er alleine stehen kann.

»Wie heißt du, mein kleiner Engel?«

»Jaqueline«, sagt das kleine Mädchen.

»Und wo wohnst du?«

»Ich wohne direkt da vorne und muss jetzt auch gehen«, antwortet das Mädchen und rennt davon. Julius schaut ihr hinterher. Ich sollte weitergehen, denkt er, die

Kälte ist wieder in den Körper zurückgekehrt. Als er um die Ecke geht, erblickt er ein Haus, aus dessen Fenstern Flammen lodern. Das Feuer wirft ein merkwürdiges Licht auf die Umgebung. Julius geht vorsichtig näher. Einige Menschen versuchen mit Decken zu verhindern, dass das Feuer auf die Nachbarhäuser überspringt, andere werfen Schnee auf die Flammen. Ohne Feuerwehr ist da nichts mehr zu machen, denkt Julius. Das brennende Haus strahlt eine angenehme Wärme aus und er genießt das wohlige Gefühl. Nachdem er sich aufgewärmt hat, geht er weiter. Nun kommt er an der Litfaßsäule vorbei, auf der sich mit seinen Freunden verewigt hat. Als er davor stehenbleibt und die Strichmännchen mit den Namen betrachtet, fällt ihm auf, dass ein weiteres Strichmännchen dazugekommen ist, unter dem der Name Matthias steht. Bei diesem Strichmännchen fällt eine kleine schwarze Brille besonders ins Auge. Wer das wohl sein könnte?, fragt Julius sich. Er geht weiter und erkennt einige Minuten später das Haus seiner Freunde, vor dem sich eine Menschentraube angesammelt hat. Die Leute scheinen auf etwas zu warten. Die meisten von ihnen haben einen Teller oder einen Behälter in der Hand. Sie stehen in einer Reihe vor dem Hauseingang der Freunde. Als er näherkommt, sieht er Oma Emma und Finn, die mit einer Suppenkelle aus einem großen Topf auf einem Gaskocher Erbsensuppe an die Menschen verteilen. Jasmin steht vor dem Tisch am Eingang und reicht Brot dazu. Plötzlich kommt Markus aus der Eingangstür und füllt aus einem kleineren Topf Suppe nach.

»Hallo«, sagt Julius. Oma Emma schaut auf und bemerkt ihn.

»Der Julius ist wieder da«, ruft sie. Nun haben ihn auch Jasmin und Markus bemerkt.

»Was ist dir denn passiert?«, fragt Markus.

»Ach, komm erst einmal rein und wärm dich auf«, fordert ihn Jasmin auf. Sie führt ihn an der Hand durch die Menschenmassen zur Eingangstür. Markus klopft ihm auf die Schulter und betritt mit ihm den Flur.

»Was ist passiert?«, fragt Julius.

»Ha, du hast mal wieder nichts mitbekommen, richtig?«

»Könnte man so sagen.«

»Komm erst einmal mit hoch.« Sie klettern über den Fernseher, der immer noch im Flur liegt, und gehen in die Wohnung. Als Markus die Tür öffnet, kommt ihnen eine behagliche Wärme entgegen. Durch die offene Tür erkennt Julius in der Küche Fatima.

»Wo sind Mary-Lou und Alex?«, fragt er.

»Ja, wenn das nicht der Julius ist?«, sagt Fatima sichtlich erfreut und tritt aus der Küche auf ihn zu.

»Na, altes Haus?«, sagt sie und nimmt ihn in den Arm. Auf dem großen Wohnzimmertisch und dem Sideboard stehen brennende Kerzen, die das Zimmer schwach erleuchten. Es ist angenehm warm und wie immer vertraut gemütlich.

»Was ist denn passiert?«, fragt Julius.

»Julius hat mal wieder alles verschlafen und keine Ahnung von gar nichts«, lästert Markus.

»Ja, das ist ja wieder typisch. Ganz Deutschland hat einen Stromausfall und du kriegst mal wieder nichts mit«, sagt Fatima und schüttelt den Kopf.

»Ja, wie konnte das denn passieren? Ich dachte, die Stromversorgung sei durch die Energiewende gesichert?«, fragt Julius.

»Ganz einfach: Zuerst hat es in Nord- und Westeuropa

tagelang geschneit, sodass sämtliche Solaranlagen von Schnee bedeckt wurden und keinen Strom produzieren konnten. Dann gab es auf Grund der Wetterlage keinen Wind mehr, also fiel auch die Energiegewinnung durch Windkraft aus. Und zu guter Letzt sind noch die öffentlichen Kassen leer, und da hat uns der Russe auf Grund nicht bezahlter Rechnungen mal eben den Gashahn zugedreht. Nun ja, und jetzt ist das Stromnetz in Nord- und Westeuropa zusammengebrochen. Willkommen im Mittelalter«, sagt Fatima und geht in die Küche.

»Und da es in ganz Nord- und Westeuropa keinen Strom gibt und in der Zwischenzeit zahlreiche Stromtrassen unter der Schnee- und Eislast zusammengebrochen sind, können wir davon ausgehen, dass wir hier auch so schnell keine Hilfe bekommen. Es gibt kein Internet, kein Fernsehen, kein Telefon, kein Mobilnetz und kein Radio. Die Menschen müssen auf die Straße gehen, um herauszufinden, wie es weitergeht«, erklärt Markus. »Hier ist es zumindest schön warm«, sagt Julius.

»Ja wir haben vorgesorgt und genügend Kohle und Gas gebunkert. Aber die meisten Häuser in dieser Siedlung sind kalt«, sagt Markus.

»Ich habe auf dem Weg hierher schon eine erfrorene Frau gesehen«, erzählt Julius.

»In einigen Gebieten Frankreichs soll die Winter-Cholera ausgebrochen sein«, berichtet Fatima und kommt mit einem Lappen aus der Küche.

»Und was ist mit dir passiert?«, fragt sie, während sie Julius mit einem feuchten Lappen das Blut vom Kopf wischt.

»Ach, nicht so schlimm. Ist nur eine Fleischwunde. Mich

haben ein paar Typen wegen meiner Jacke niedergeschlagen«
erklärt Julius und grinst.

»Ja, man muss aufpassen. Die Lebensmittelgeschäfte sind
geplündert, es kommen harte Zeiten auf uns zu«, sagt Markus.

»Und deswegen verteilt ihr Suppe an die Menschen?«,
fragt Julius, während Fatima ihn mit Wund-Desinfektions-
spray behandelt und er zusammenzuckt.

»Ja, auch, aber wir verteilen schon seit zwei Jahren am
Heiligen Abend Suppe«, sagt Markus.

»Äh, ist heute Heiligabend?«, fragt Julius nach.

»Heute ist der 24. Dezember. Und dann ist Heiligabend«,
erklärt Fatima.

»Oh«, sagt Julius.

Plötzlich ertönt vor der Tür lautes Geschrei.

»Ach du Scheiße, es geht los«, schreit Markus und rennt
zur Garderobe. Er reißt seine dicke Jacke vom Haken und
läuft durch die Eingangstür nach draußen. Auch Fatima
rennt jetzt zur Garderobe, schnappt sich ihre Jacke und folgt
Markus.

»Hast du den Wohnungsschlüssel?«, ruft ihr Julius nach.

»Ja, habe ich«, ertönt ihre Stimme aus dem Flur.

Nun rennt auch Julius in den Flur nach draußen. Dort
sieht er Oma Emma im Schnee liegen. Der Tisch, auf dem
der Eintopf stand, ist umgefallen. Finn liegt am Boden und
hält einen Mann am Bein fest. Der Fremde will mit dem
heißen Topf Suppe weglaufen und Jasmin versucht ihm den
Topf zu entreißen.